LA

SOEUR GABRIELLE

ROMAN,

PAR

HIPPOLYTE FAUCHE.

> Je la chois extrémement dans mon cœur, elle *dont l'image*
> alla toujours avec moi ; pourquoi la cherché-je dans ce bois ?
> pourquoi me lamenté-je en vain ? Hélas ! hélas ! elle s'en
> est allée comme indiquée, par suite de son honneur blessé.
> (Gita Govinda, ch. III, st. G.)

TOME DEUXIÈME.

PARIS.

COMON, AU COMPTOIR DES IMPRIMEURS-UNIS,
QUAI MALAQUAIS, 15.

—

OCTOBRE 1844

LA

SOEUR GABRIELLE.

PARIS. IMPRIMÉ PAR BÉTHUNE ET PLON,

RUE DE VAUGIRARD, 36.

LA
SOEUR GABRIELLE

ROMAN,

PAR

HIPPOLYTE FAUCHE.

> Je le choye extrêmement dans mon cœur, elle *dont l'image*
> allu toujours avec moi ; pourquoi la cherché-je dans ce bois ?
> pourquoi me lamenté-je en vain ? Hélas ! hélas ! elle s'en
> est allée comme indignée, par suite de son bonheur blessé.
>
> (GITA GOVINDA, *ch.* III, *st.* 8.)

TOME DEUXIÈME.

PARIS.

COMON, AU COMPTOIR DES IMPRIMEURS-UNIS,
QUAI MALAQUAIS, 15.

OCTOBRE 1844.

ERRATUM :

Page 316, ligne 5e, quinze jours, *lisez* six jours.

LA
SOEUR GABRIELLE.

CHAPITRE PREMIER.

LA SOEUR DE CHARITÉ.

Linville marchait sans savoir où ; sa tête, échauffée par ce long entretien, le continuait en soi-même ; il suivait une rue, passait dans une autre, enfilait celle-ci, entrait dans celle-là, sans but, au hasard, sans volonté ; son esprit n'était plus à aucun de ses mouvements ; mais, conduits par une sorte d'instinct, ses pieds le ramenèrent dans la rue et vis-à-vis le cou-

vent de Marie. C'est une rue déserte,
étroite, en dehors du foyer des plaisirs,
écartée du centre des affaires. Mais pouvait-il avoir d'autres affaires que Marie?
En face, s'élevait un hôtel garni de modeste apparence. Habiter près d'elle, l'entrevoir peut-être, distinguer sa voix dans
les chants des religieuses... quel bonheur!
Il entra et choisit un appartement sur la
rue à un étage assez élevé pour dominer
la cour de la communauté et son petit
jardin. Il passa le reste de la soirée à contempler cette chère maison, et, quand la
nuit fut arrivée, il se jeta sur le lit et essaya
de s'endormir.... Impossible! les émotions
de cette journée, l'extrême fatigue, le
jeûne, lui avaient trop agité les organes
pour qu'il pût en obtenir un instant de
sommeil. Il se leva, ouvrit sa fenêtre et
resta plongé dans une mobile rêverie, les
yeux et l'esprit fixés sur le couvent, illu-

miné par un magnifique clair de lune : les
rossignols chantaient dans les arbres du
jardin.... comme autrefois, dans cette nuit
douce et triste, la dernière où s'étaient vus
nos deux amants séparés.

Huit jours s'écoulèrent ainsi : Alphonse
connaissait déjà toute la communauté; il
avait déjà vu entrer et sortir, passer et re-
passer toutes les sœurs ; Marie seule ne
paraissait pas. Enfin, un jour, après l'office du matin, il vit sortir une jeune religieuse, les mains croisées sous ses longues
manches, le front baissé, la figure enve-
loppée dans ses coiffes blanches et lisses;
il ne vit point ses traits, mais son maintien était si noble, sa main, car elle eut
besoin de retrousser sa robe, était si belle!
ce ne pouvait être que Marie. Il suivit la
jeune cénobite, et régla son pas sur
le sien, mais à un prudent intervalle.
Elle descendit vers les quartiers fré-

quentés et arriva dans une de ces rues
bruyantes, où mille embarras se rencon-
trent, se pressent, se heurtent, s'évitent, se
repoussent, échappent à l'un et s'empê-
trent dans un autre. La chaussée était en-
combrée de voitures, un fiacre rasait le
bord du trottoir, qu'un porteur d'eau occupait de l'un à l'autre côté avec deux
seaux pleins accrochés aux deux pôles
d'un cerceau. La jeune fille revint en arrière chercher un endroit plus large où
elle pût se ranger et faire place à l'Auver-
gnat. Ce mouvement rétrograde la mit à
six pas d'Alphonse. Le vit-elle? Elle ne
parut pas avoir levé ses yeux si chastement
baissés; mais, si elle ne vit point Alphonse,
pourquoi rougit-elle? pourquoi fut-elle
troublée au point de revenir sur elle-
même et de risquer ce passage dangereux
entre le seau et la roue, heurtant l'un et
heurtée par l'autre?

Elle continua sa route à pas doublés, mais rougissant jusqu'au fond de son âme : car il lui semblait que Linville marchait derrière elle du même pas ; qu'elle en sentait la pointe du pied effleurer son talon, que tous les yeux des passants étaient dirigés sur elle, que chacun voyait son émotion, que tout le monde en pénétrait la cause. Linville en effet venait après elle, mais de loin, discrètement, avec une religieuse prudence. Enfin elle arriva dans une rue isolée du quartier Popincourt, entra dans l'allée d'une maison sans portier, monta cinq étages et s'arrêta sur le palier décarrelé afin de reprendre haleine et de calmer son esprit. Ensuite, elle mit la main sur la corde, en guise de rampe, d'une échelle de meunier, qui se divisait au milieu en deux branches, continua de monter par la plus délabrée et fit tourner la clef d'une porte déjetée, qui n'avait pas quatre pieds de hauteur, et peinte avec le seul vernis que lui avaient donné le temps, la poussière, l'humidité et la sueur des mains. C'était là que demeurait une pauvre femme de ménage, veuve, septuagénaire, malade, avec une orpheline, sa petite-fille, âgée de neuf ou dix ans.

La sœur Gabrielle salua gracieusement la malade et l'embrassa avec toute l'affection d'une bonne parente; elle prit sa main, compta les pulsations du pouls, lut une ordonnance du médecin et prépara une tisane. Ensuite, elle se mit à balayer la chambre, à ranger les meubles estropiés, à laver les méchantes écuelles du ménage indigent; puis elle raccommoda les hardes en lambeaux et donna une leçon d'aiguille à la petite fille. De temps en temps elle se levait, s'approchait de la malade, lui demandait avec intérêt si elle avait besoin de quelque chose, arrangeait les draps,

relevait la couverture, rétablissait l'oreiller
sous la tête, soutenait la vieille femme
dans ses bras et l'aidait à boire une potion ;
ou bien elle prenait son bréviaire et lisait
avec beaucoup de peine son office : car le
regard doux et triste de Linville revenait à
son esprit, et cette image réveillait simul-
tanément tous les suaves souvenirs de son
adolescence. Alors elle fermait son livre ;
elle se promenait à pas étouffés en réci-
tant son chapelet dans l'étroite mansarde,
et, attaquant sa distraction par tous les
moyens, elle interrogeait à voix basse la
jeune orpheline sur la religion, ou lui faisait réciter un chapitre du catéchisme.

Vers une ou deux heures de la nuit, la
malade tomba dans un profond sommeil ;
la soeur voulut s'endormir aussi : elle ferma
les yeux ; mais elle essaya vainement d'as-
soupir les fibres obstinément éveillées de
son cerveau : une idée invincible surna-

geait toujours à son ondoyante surface :
Linville! Linville en grand deuil! — Il a
donc perdu son excellente mère? — Non!
c'est... Julie!... c'est madame de Linville la
jeune! — C'est madame de Linville première! — Quelle charmante femme de-
viendra madame de Linville seconde? —
Elle?—Qui, elle? La sœur Gabrielle?Non;
car elle ne sera jamais veuve de son immortel époux. — N'a-t-elle pas renoncé
aux vanités du siècle : les soins délicats
d'un mari, les caresses d'une jeune famille
adorée, les prévenances de serviteurs dévoués, les attentions galamment respec-
tueuses d'un monde chevaleresque, ces
mœurs élégantes qui poétisent la vie, ne
sont-ce pas ce qu'on appelle les vanités
du siècle, vanités douces au toucher, res-
plendissantes, mélodieuses, odorantes,
savoureuses: et qu'a-t-elle pris en échange!
Alors, malgré sa pieuse charité, il lui

échappa de promener un regard de dégoût et de mépris autour d'elle : un air
vicié, des meubles boiteux, des vases ébré-
chés, trois chaises à moitié dépaillées, un
lit de sangle vermoulu ! — Et ce manche
à balai planté en manière de flèche dans
la muraille crevassée ! — Et ce rideau jeté
par-dessus, recousu de tous fils, réparé
de toutes pièces, bigarré de toutes couleurs !— Dans ce moment, la vieille se réveilla, elle se plaignit... la sœur Gabrielle
passa un de ses bras sous l'épaule, un autre
sous les genoux de la malade, l'aida à se
lever sur son séant, lui donna le vase de
nuit et la soutint dans ses bras... Tous ses
sens étaient révoltés. En détournant la
tête, elle rencontra, attachée par les quatre
coins au manteau de la cheminée, avec
une épingle, un clou et deux pains à ca-
cheter, une mauvaise image de Jésus-
Christ sur la croix :

— Hélas! se dit-elle, il était Dieu, et
il s'est fait homme; il était immortel, et il
s'est soumis à la mort!

Le matin, la petite Adèle revint de
commission en sautillant, toute joyeuse
et presque en chantant : « Maman, s'é-
cria-t-elle dès le seuil de la porte, devinez
un beau, jeune, et riche monsieur, parmi
ceux qui vous aiment bien!

— Hélas! ma fille, répondit la vieille
en toussant, qui veux-tu que je devine?
les malheureux n'ont pas d'amis; les beaux
cherchent les beaux, et les jeunes n'aiment
pas les vieux.

— Eh bien! imaginez-vous que je passais
devant la boutique de l'épicier au coin de
la rue, et voici qu'un monsieur, bien joli,
bien habillé, mais bien triste, m'arrête et
me dit : « Adèle! » Entendez-vous, maman? Adèle! il sait mon nom! « Comment
va ta grand'mère? comment a-t-elle passé

la nuit ? — Monsieur, que je lui dis, la nuit
fut assez bonne ; mais elle est bien enrhu-
mée. » Là-dessus il se mit à réfléchir... réfléchir.... réfléchir...., comme fait un médecin, et puis il me dit : « Attends-moi là. »
Il entra chez l'épicier et je vis qu'on lui
pesait du jujube. Pendant ce temps-là, il
prit son portefeuille, en tira un papier,
écrivit quelques lignes avec un crayon et
roula sa feuille comme un cornet. Voyez-
vous cette complaisance ! il mit lui-même
le jujube dans son cornet, et, revenant à
moi, il me dit : « Ma petite amie, remets
ce jujube à la garde....; dis-lui d'en faire
prendre à ta bonne mère et de lire ce que
j'ai écrit sur le papier... » Voyez-vous, ma
sœur ! *Mea....mia....* oui ! *mia alma !*... c'est
donc une ordonnance en latin?

Gabrielle effleura du regard les deux
premières lignes, et lut en italien : « Mon
âme est consternée ;... la mort de Julie

avait rompu ma chaîne et nous allions
être unis!... »

La sœur, palpitante d'émotion, car elle
avait reconnu la main qui crayonna ces
mots, se reprocha même son coup d'œil
involontaire, bien loin qu'elle fût tentée
de connaître la suite de ces lignes, où elle
aurait pu lire :

« Et dans ces mêmes jours, vous pre-
niez des liens qui nous ont séparés de
nouveau..... pour cinq années! Hélas!
Marie! avec quel empressement je sacri-
fierais les trois quarts de ma vie à racheter ces cinq ans de martyre! Jusque-là, du
moins, ne m'enviez pas la seule consolation que je puisse goûter, à vous voir de
loin, à poser mon pied sur les traces du
vôtre et à respirer l'air où vous avez passé,
ô ma..... Non, ne craignez rien, je saurai
contenir muet, impénétrable dans mon

cœur un sentiment qui fut tout le passé
et sera tout l'avenir de

» Votre ALPH.... »

La pudique jeune fille ne sut d'abord
quelle conduite observer : renvoyer le
présent, ou détruire le papier, qu'Adèle
croyait une ordonnance d'un médecin,
c'était susciter des questions, donner lieu
aux conjectures, éveiller peut-être des
soupçons..... Enfin elle déroula ce cornet,
posa le jujube dans une soucoupe et glissa
le papier dans un des plis profonds de ses
larges manches.

Le lendemain, Alphonse, de bonne
heure, se remit à son observatoire. Il lui
tardait de voir la sœur Gabrielle sortir,
de la suivre, de s'approcher au détour
d'une rue ou dans le coin d'un trottoir
obstrué par la foule affairée, de sentir sa
douce main lui glisser un billet, ou, si

elle n'avait pu lui écrire en cachette, de lire sa réponse dans un de ces regards qui disent mille fois plus de choses que la parole ou la plume n'en sauraient exprimer. Il attendit vainement, Gabrielle ne sortit pas ; il ressentit dans le vif toutes les pointes de l'impatience, mais il ne conçut aucune inquiétude. Le jour suivant s'écoula de même ; il en fut ainsi du troisième jour... enfin huit, neuf, dix jours, les plus longs, les plus anxieux, les plus torturants de sa vie, se passent,... et Gabrielle ne paraît pas encore. — Que lui était-il arrivé ? Peut-être, elle était malade ! — Et son imagination, ingénieuse à le tourmenter, lui peignit aussitôt les effets les plus alarmants de la plus dangereuse maladie.

Il ignorait que la candide jeune fille n'avait pas lu cette chère lettre de son amant : sa pudeur scrupuleuse l'avait remise toute cachetée à la supérieure, qui avait jugé la circonstance être des plus sérieuses, non que la haute vertu et la profonde piété de Gabrielle ne dussent rassurer son esprit; mais elle sentait que l'insistance d'Alphonse à épier la belle religieuse et, à suivre tous ses pas, allait compromettre inévitablement la bienfaisante communauté et attirer sur elle cette curiosité frivole qui s'attache à l'intrigue amusante d'un drame ou d'un roman. Le soir venu, elle avait donc ordonné à Gabrielle de rassembler dans une serviette sa modeste garde-robe et, sortant avec elle par une issue dérobée, elle s'était dirigée, le long des rues les moins fréquentées, vers un bureau de voitures publiques, et l'avait embarquée aussitôt pour une succursale de l'ordre établie dans une petite ville à cinquante bonnes lieues de Paris. Seule, elle savait où; la commu-

nauté n'apprit qu'une chose : le départ
bien regretté de la sœur Gabrielle. Néanmoins la cause transpira sans doute ; car
les religieuses n'entraient plus au couvent
et n'en sortaient plus avec des yeux si
baissés, qu'un regard furtif ne glissât, à
travers les cils soulevés timidement, vers
cette fenêtre, où le beau jeune homme restait du matin au soir en vedette. La tourière paraissait même plus souvent sur le
seuil de la porte, elle jetait ses yeux à droite
et à gauche de la rue : elle semblait ne regarder jamais du côté où se trouvait Alphonse ; mais il était évident qu'elle n'avait
rien à voir que lui dans la rue, ni d'autre
affaire que cette curiosité à contenter. Il
n'en pouvait douter : l'observateur était
observé à son tour ; et forcé lui fut de fermer sa fenêtre, de masquer davantage ses
batteries, et de s'embusquer derrière un
rideau de fine mousseline, d'où il pouvait

tout voir sans être vu. Mais cet incident
ajoutait à ses angoisses. Que se passait-il
dans la communauté? Aurait-on décou-
vert sa lettre dans les mains de Gabrielle?
Avait-elle été surprise lui faisant une réponse? Peut-être, elle avait à subir une
punition, des reproches humiliants, une
pénitence publique,... une étroite et sévère prison! Il retournait un flanc et puis
l'autre sur ce lit d'épines sans réussir à
trouver une position plus commode; enfin il résolut de sortir à tout prix de son
insupportable anxiété.

Ce même soir il se promenait dans les
galeries du Palais-Royal; et, flânant de
boutique en boutique, il s'arrêta plus
long-temps à regarder une à une les cu-
riosités d'art étalées dans un magasin de
sculptures en ivoire : une heureuse idée
lui vint à l'esprit; il acheta une de ces
gentillesses, et construisit dessus l'espé-

rance d'un petit stratagème, qu'il trouva
moyen de réaliser dans la matinée du lendemain.

Il vit sortir la tourière, et, sans la perdre des yeux, la suivit de rue en rue jusqu'au Luxembourg. A peine en eut-elle
franchi le seuil, qu'il précipita sa marche,
se perdit au milieu de la foule et se jeta
dans une contre-allée au pas de course.
Dès qu'il eut devancé la sœur Angéline, il
revint sur lui-même, de manière à se rencontrer avec elle, mais les mains croisées
derrière le dos et la tête baissée, dans l'attitude rêveuse et calme d'un promeneur.
En passant à côté de lui, un heureux hasard fit que la bonne religieuse eut besoin
de tirer son mouchoir ; Linville se baissa
vivement et jeta comme involontairement
un petit cri de surprise.

— Ah !... ma sœur, vous avez laissé
tomber quelque chose !

Angéline se retourna vers le jeune
homme et aperçut dans ses mains une
élégante niche en ivoire, où le plus délicat
des ciseaux avait sculpté des bas-reliefs et
retracé en douze cartouches les princi-
paux sujets de nos saints Évangiles.

— Ma sœur, dit Alphonse, voulez-vous
bien permettre? il fit jouer l'hémisphère
mobile de la niche, qui roula sur ses
gonds comme la porte d'un oratoire, où,
planant sur des ailes d'une prodigieuse
délicatesse, l'ange Gabriel semblait dire à
Marie : « Vous êtes bénie entre toutes les
femmes. »

— Quel malheur, dit Linville feignant
d'admirer la finesse du travail, si vous
aviez perdu un morceau d'art si précieux !

— Vous vous trompez, monsieur! ce
n'est pas à moi.

— Raison de plus, ma sœur ! on n'aime

2.

point à perdre ce qu'on a, encore moins ce
qui est à un autre.

— Je veux dire, monsieur, que cette
jolie chose n'a pu tomber de ma poche,
car elle n'était pas sur moi.

— Elle était sur vous, ma sœur, puisque je l'ai vue sortir avec votre mouchoir.

— Je ne sache pas à qui ce bijou peut
être ; ce qu'il y a de sûr, c'est qu'il n'est
pas à moi.

— Cependant il pouvait être à vous,
comme sur vous, sans que vous l'ayez su.

— Comment cela, monsieur ?

— Qui sait ?... glissé peut-être par une
main délicate, qui voulut vous épargner
des remercîments...

— Vous pensez donc... ?

— Que ce peut être un cadeau,... un
témoignage de reconnaissance,... que
sais-je ?... un souvenir...

— Ah ! s'écria la sœur Angéline, dont

ce mot *souvenir* semblait illuminer soudain les idées ; l'Annonciation ! mais c'est
un cadeau parlant ! la Vierge Marie ! l'ar-
change Gabriel !... mais c'est nommer l'auteur du présent !... Quoi !... Est-ce que ?...
Est-il possible !... Serait-ce mademoiselle
Marie ? la sœur Gabrielle !... Vraiment ! elle
s'est donc souvenue de moi à son départ...
si inattendu, si précipité !.... la bonne
sœur ! Dieu veuille la préserver de mal
dans la maison où elle a fui son tentateur !

— Vous voyez donc bien, ma sœur,
que cet objet vous appartient.

— Mais, monsieur, répondit Angéline
retenue par un scrupule, je ne sais encore si je dois...

— Alors dites-moi donc où je dois remettre ce bijou ?

— On ne le sait pas dans la communauté, c'est un mystère ;... mais, sans vou-

loir soulever le voile, je puis écrire à la sœur Gabrielle combien je suis sensible à son cadeau, et donner ma lettre à la supérieure, qui mettra l'adresse elle-même.

— Je suis heureux, ma sœur, que le hasard m'ait procuré le plaisir d'éviter la perte d'un objet précieux à une religieuse de votre ordre : car une... de mes... tantes, je crois,... est supérieure dans une de vos maisons... à... à...

— A Strasbourg, peut-être?

— Pas tout à fait...

— A Bordeaux?

— A peu près...

— A Lille, sans doute?

— Pas précisément...

— Eh bien! à Marseille?

— Ce n'en est pas très-loin...

— Alors c'est à Nantes; car notre congrégation n'a pas d'autres maisons.

Linville répondit avec une respectueuse

inclination, qui pouvait se traduire par
« *C'est cela même :* » aussi bien que par
« *J'ai l'honneur de vous rendre mes devoirs.* »
Angéline fit une dévote révérence, et ils
se quittèrent l'un et l'autre enchantés :
elle de n'avoir pas perdu ce qu'elle ne
croyait pas posséder ; lui de savoir que la
sœur Gabrielle n'était plus à Paris et de
connaître les villes où la maison-mère
avait établi des succursales.

CHAPITRE II.

LA GALETTE ET LE FEUILLETON.

A peine rentré dans son hôtel garni, Linville appela son domestique :

— Michel, vous allez faire nos malles ; et, quand vous aurez fini, vous les ferez conduire aux messageries Laffitte, où vous retiendrez deux places : une pour vous dans la diligence de Lille, et l'autre pour moi dans la voiture de Marseille.

Le domestique alerte descendit les malles du grenier, vida les tiroirs des com-

modes, dégarnit les tablettes des placards
et encaissa les hardes avec une docilité et
une promptitude exercées aux fantaisies
de son maître. Pendant qu'il s'occupait à
ranger tout, Alphonse lui donna ses in-
structions. Il devait louer à Lille une
chambre avec des fenêtres sur la rue où
était le couvent des sœurs, s'y mettre en
vedette, observer les religieuses qui allaient et venaient, s'assurer si Gabrielle
habitait ou non dans cette communauté,
et, dans le cas bien constaté qu'elle ne s'y
trouvât point, il irait à Strasbourg continuer le même service. Une correspon-
dance hebdomadaire au moins, ou de
trois en trois jours, tiendrait au courant
Alphonse, qui se réservait l'inspection de
Marseille, de Bordeaux et de Nantes.

Le même soir, deux voitures des messageries entraînaient le maître et son domestique aux deux points cardinaux op-

posés. Six mois après, comme les recher-
ches faites au nord et au levant de la
France n'avaient pas été plus heureuses
que les observations recueillies au midi et
au couchant, Alphonse revenait contrôler
par lui-même l'inspection de Michel à
Strasbourg et à Lille, tandis qu'il envoyait
le domestique vérifier l'inspection du
maître à Nantes, à Bordeaux et à Marseille.
Plus d'un an s'était écoulé dans ces courses
stériles. Linville passa neuf semaines encore à Paris dans son ancienne chambre
de l'hôtel garni, ou plutôt à la fenêtre,
vis-à-vis la maison-mère, et se décida enfin à visiter les autres grandes villes dans
l'espérance que de nouvelles succursales
auraient pu s'y établir depuis l'année pré-
cédente. Il envoya Michel à Brest et prit
lui-même la route de Besançon.

Le domestique l'avait prié de s'arrêter
quelques instants dans Auxerre, et de

remettre l'année échue de ses gages à l'une
de ses sœurs, depuis long-temps malade,
mère de six jeunes enfants et mariée avec
un compositeur attaché à la plus ancienne imprimerie de cette ville et même
de la Bourgogne. C'était une honnête famille; l'aîné des six enfants n'avait pas
huit ans; une grand'mère infirme ajoutait encore à la gêne du ménage : mais un
air de propreté, de décence et de probité
intéressait là au premier coup d'œil. Alphonse s'associa de lui-même à la bonne
œuvre de son domestique et, sans dire un
mot du bienfait, il renfla de quelques na-
poléons la somme que le bon Michel envoyait à sa famille. Il promit de revenir
le lendemain avant son départ, c'était un
dimanche : on dînait, on le pria de s'asseoir à la table; il accepta. Une soupe et
le bœuf bouilli composaient tout le prin-
cipal du festin; mais on servit pour des-

sert une vaste galette, chef-d'œuvre de la
grand'maman et attendue avec impatience
par ses petits-enfants. On aurait cru man-
quer à la politesse de n'en pas servir à M.
de Linville une part monstrueuse. Il en
coupa seulement la corne et permit qu'on
lui enveloppât le reste dans un numéro
du *Journal de l'Yonne*, afin de l'emporter
avec lui et de la manger dans le coupé s'il
rencontrait la faim sur la route. Malheureusement, les tables d'hôtes bien servies
des auberges lui firent oublier ses provisions jusqu'au dernier relais avant d'arriver à Besançon.

Pendant qu'on dételait et rattelait, un
enfant, avec son visage noirci de fumée et
ses dents blanches comme du lait, vint lui
tendre la main et demander l'aumône :

« Mon bon monsieur, ayez compassion d'un petit malheureux, qui n'a pas
encore mangé de toute la journée ! »

Son œil vif, la fraîcheur de son teint et
son air enjoué lui donnaient un visible
démenti ; mais ce cri de famine rappela
du moins à Linville qu'il avait dans les
poches de la voiture un *en cas*.

« Manges-tu de la galette? lui demanda-t-il avec son mélancolique sourire.

— Quand on n'a rien, mon bon monsieur, on mange de tout!

— Même de la galette!... Et tu ne
crains pas de te graisser les doigts?

— Je les lèche après pour les essuyer, »
reprit le petit égrillard.

Linville chercha dans une des poches
du coupé, en retira la galette auxerroise et
passa son bras dans le store baissé ; le ramoneur ouvrit ses mains : il s'attendait à
recevoir, mais la main qui devait donner
ne s'ouvrit pas. L'enfant immobile tenait
ses yeux avidement fixés sur le friand
morceau, et le voyageur stupéfait ne pou-

vait détacher les siens du journal qui ser-
vait d'enveloppe au gâteau.

Ce numéro avait un feuilleton, et quelques traits de plume faits en courant sur
les blancs du titre venaient de rappeler
au voyageur la main d'une personne qui
sortait bien rarement de sa pensée. Il est
assez ordinaire, quand on a taillé sa plume,
de l'essayer en jetant sur une feuille vo-
lante les initiales de son nom, et ces lettres d'essai dans les interlignes du journal étaient des G majuscules. Mais il y a
tant de noms qui commencent par un G!
Vous avez d'abord les noms de baptême :
Grégoire, *Gustave*, *Georges*, *Guillaume*,
Gonzalve... Ce sont là des noms d'hommes! et je ne sais quelle mollesse, quel
inexprimable abandon semblaient dénon-
cer dans ce trait de plume une main de
jeune fille aux doigts roses et transpa-
rents. Oui! mais on pourrait compter par

des millions les dames et les demoiselles
qui ont un G pour initiale de leurs noms
ou prénoms : madame *Gendre*, mademoiselle *Gentil*, madame *Giraud*... Ce sont des
noms bourgeois ! Eh bien ! vous avez les
Gourgaud, les *Grouchy*, les *Gouvion*, les *Gé-
rard*... Ceux-là sont des noms militaires !
Mais toute l'âme d'Alphonse concentrée
dans son regard fasciné sentait autour de ces
G si gracieux tout autre chose que l'odeur
de la poudre et la fumée du canon ; c'était
comme un fond d'azur, des cantiques cé-
lestes, les émanations saintes de l'encens,
une touffe emblématique de lis, une au-
réole d'étoiles, des ailes éblouissantes de
blancheur : enfin je ne sais quoi épelait
ainsi dans son cœur les lettres sous-enten-
dues après ce G initial : G-A-B-R-I-EL-LE.

Alphonse, perdu dans cette rêverie,
avait oublié le ramoneur, qui trépignait
d'impatience et d'inquiétude : « Mon-

sieur!... mon bon monsieur!... ah! monsieur!... dépêchez-vous, la voiture va
partir!...

Le postillon prenait les guides dans sa
main, et levait déjà son fouet.

« Cocher, arrêtez! s'écria le petit men-
diant; un monsieur oublie quelque chose.

— Tant pis! répliqua brutalement le
postillon. A cheval, je ne connais que ma
consigne... en route!... Hu!... »

Ce dialogue tira Linville de ses réflexions, il déplia le journal, retira le gâteau de son enveloppe et le jeta au ramoneur qui courait à toutes jambes près du
coupé, les bras tendus et les mains ouver-
tes. Ensuite le voyageur se mit à parcou-
rir ce feuilleton; mais il perdait un quart
de ce qu'il avait sous les yeux par le balancement de la voiture et oubliait la moitié du reste par ses continuelles distrac-

II.   3

tions; car ces initiales magnétiques atti-
raient ses regards à chaque instant.

Feuilleton du Journal de l'Yonne.

CHILDÉRIC,

OU HUIT ANNÉES D'EXIL (457-463).

« Un rire strident résonna tout à coup
dans la foule agitée, et vingt mille boucliers
appuyés sur la bouche augmentaient l'in-
tensité des vingt mille voix, qui s'élevaient
spontanément comme une seule dans une
épouvantable huée soutenue jusqu'à perte
d'haleine.

» C'était un peuple qui insultait à son roi
dans le plus noble exercice de la royauté,
les saintes fonctions de sa justice; et cependant jamais la majesté royale ne s'était
mieux révélée avec la taille auguste de six
pieds romains, avec des formes plus élégantes, avec des traits plus réguliers et

mieux disposés dans les contours gracieux
d'un visage encadré par une blonde chevelure, rejetée en boucles sur de blanches
épaules, divisée au front et maintenue par
une torsade étincelante de perles orien -
tales. Tel était Childéric.

»La jeunesse, la beauté, la faute même
dont l'amour fut l'imprudent conseiller
semblaient alors demander au peuple,
sans l'obtenir, un léger signe d'intérêt pour
un couple aimable, qui, dans l'attente du
jugement, se tenait par la main et pleurait
au milieu du *mall*. L'un d'eux était Livinius, jeune esclave romain, de famille con-
sulaire, qui avait trouvé des fers où il cherchait la gloire, et l'amour où il n'attendait
qu'une ennuyeuse captivité. Une jeune fille
ingénue avait rompu ses liens; il fuyait avec
elle vers les colonies romaines; mais, arrê-
tés dans leur course, e maître de Livinius
voulait aussi retenir son amante dans la

3.

servitude. « L'amour a donné cette fille à
mon esclave, disait-il, et l'esclave n'a rien
qui n'appartienne à son maître. » Mais
Berthaire, vieux soldat, qui avait reçu de
Pharamond ses premières armes, récla-
mait pour sa fille le privilége accordé par
une antique coutume.

» Jeune fille, avait dit Childéric, bénis
donc nos lois, qui ont permis à ta faute
un choix entre la quenouille et l'épée,
emblèmes de la faiblesse et de la force, la
faiblesse qui travaille et la force qui pro-
tége, ou l'indépendance et l'esclavage. Si
tu acceptes la quenouille, sache que tu
condamnes ton existence à la servitude; si
tu choisis l'épée, il faut que ta main plonge
ce fer au cœur de ton amant esclave, et
que le sang versé lave ainsi ta honte. La
loi a parlé: choisis!

» Et, cela dit, il présente une quenouille
à la jeune fille, qui deux fois repousse

avec fierté le symbole de l'esclavage.

» Jeune fille, criait une voix dans la foule, laisse à Childéric sa quenouille, elle est trop bien faite à ses mains! — Prends-la, disait un autre; elle est de trop dans sa main, puisqu'il a fait du sceptre une quenouille.

» Et le rire insultant avec la huée mugissante éclate de nouveau, et se prolonge, bondissant de colline en colline. Childéric sentit la rougeur de la colère et de la honte monter à son visage; mais il dévora son injure en silence, car l'attitude moqueuse des comtes rangés autour de son siége démontrait assez qu'ils applaudissaient du cœur aux insultes de la multitude.

» Il jette la quenouille avec dépit, tire son épée et cherche à rappeler du calme dans ses esprits, tandis qu'il présente à la jeune fille sa lame étincelante; mais elle, les yeux fixés sur la terre, sans regarder l'épée, sans avancer la main, restait dans une attitude silencieuse et mortifiée.

» Décide-toi, jeune fille, criaient cent voix; ton indécision fatigue une main peu accoutumée au poids d'une épée.

» Et la main de Childéric trembla, mais ce fut de rage et d'impatience.

» N'y touche pas, criaient mille autres voix; la main seule d'une vierge doit toucher une épée vierge.

» Et le tonnerre des huées et du rire se déchaîna dans les cieux en roulant au loin d'échos en échos; mais un soupir semblable à un rugissement étouffé démentit le calme apparent, dont Childéric essayait de masquer son agitation intérieure.

» Enfin la belle coupable, voulant mettre fin à ces tortures, saisit l'épée, se jette dans les bras de son amant, le baigne un instant de ses larmes, et, rapide comme l'é-

clair, appuyant sur la terre le pommeau
du glaive, elle allait se précipiter sur la
pointe aiguë, si Childéric ne se fût élancé
de son trône, pâle, les yeux mouillés de
pleurs, avec un cri d'épouvante.

» Un instant l'action désespérée de Faileuba jeta le peuple dans la stupeur et le
silence; mais, le danger passé, il revint au
sarcasme, et jouant sur le nom de Childéric :

» Il est bien nommé *Riche-d'amour* (1)...;
attendez, et vous allez bientôt voir l'insa-
tiable incontinence de Childéric attacher
Faileuba au pilori où rougissent déjà
Nantchilde, Himiltrude, Radegonde et
vingt autres, nos femmes et ses victimes...

» Déjà le vieux Berthaire avait parlé, mais
de grosses larmes qui roulaient dans ses

(1) De *Hyld* ou *Huld*, amour; —Huldreich, *Riche
d'amour.*

yeux avaient démenti la rudesse de ses paroles.

» Roi des Francs, disait-il, de quel droit viens-tu empêcher ma fille de mourir; car, si elle refuse de choisir, le juge choisira pour elle, et son lot sera l'esclavage : entre l'épée et la quenouille, l'honneur n'a mis une place que pour la mort!.. Laisse-nous..! à ce trait, je n'ai plus méconnu ma fille... Toi, si tu as oublié quel est le sang des Francs, tu vas le reconnaître.

» Ces paroles du vieux soldat sont accueillies avec un concert unanime d'applaudissements sur le bouclier concave, frappé à coups redoublés avec le fer de l'angon.

» Écoute un seul instant, dit Childéric en arrêtant Berthaire, qui voulait tendre l'épée à sa fille; et s'adressant au maître de Livinius : Varaton, si j'ai pu jamais et si je puis encore te rendre un bon office , affranchis à ma prière ton esclave ; et reçois en échange trois des miens à ton choix !

»Le guerrier , enchanté du troc avantageux, prend une main du jeune homme , lui met dans l'autre un denier d'argent ; et, debout devant le siége du roi , accommodant son langage aux formules :

« Fils de Mérovée, voici mon esclave Livinius, que ma volonté est d'affranchir par ta main, afin qu'il vive en liberté sous ta garantie royale.

« Qu'il soit ainsi fait à ton esclave Livinius, répondit Childéric ; et, tournant les yeux vers l'amant de Faileuba, qui tendait sa main ouverte, où brillait l'argent monnoyé : Sois libre.

»Ensuite, avec sa main droite, il frappe

vivement sous la main du jeune homme,
et fait sauter l'écu dentelé qui vole en
tournoyant par-dessus la tête de l'esclave,
tombe et rend un son pur et franc sur la
terre, emblème d'une existence changée
en un seul coup du revers à la face, tran-
sition symbolique de l'esclavage rejeté
derrière lui dans le passé à l'indépendance
opposée vis-à-vis dans l'avenir.

» Libre maintenant, Livinius, tu peux
épouser une ingénue, ajouta Childéric...
Offre donc une dot à ta fiancée!... Ce
cheval de bataille, cette francisque et cet
angon au long manche doublé de fer, ils
sont à toi et pour elle... Et toi, jeune fille,
médite l'esprit de nos usages et comprends
la sagesse de nos emblèmes : sache que
l'hymen n'est pas toujours une chaîne de
fleurs, et que ton sexe n'exempte pas ton
courage des travaux et des périls de ton
époux.

» Par Tuiston ! ses paroles sont d'un homme, dirent tout bas quelques voix, mais ses actes sont trop souvent d'une femme. — Et, leur attention n'étant plus arrêtée par les incidents imprévus de ce drame, ils se divisent en groupes tumultueux et se confondent comme des essaims d'abeilles, insensibles à la voix des prêtres qui essayaient en vain de les ramener à l'ordre et au silence; car les pères, les époux et les frères, dont les grâces séduisantes de Childéric avaient égaré les sœurs, les épouses et les filles, allaient, de groupe en groupe, attiser le feu de la sédition. Quelques paroles distinctes dominaient ces conversations bruyantes :

» Héréditaire?... élective?... Non ! l'un et l'autre !... Héréditaire dans la famille royale, mais élective dans ses membres divers... La couronne au plus digne !... L'obéissance?... tant qu'il en est digne !...

Pas de chef, s'il n'est meilleur que moi !...

 »Et toutes ces questions s'agitaient le dos
tourné avec insulte au fils de Mérovée, ou
en dirigeant vers son trône des regards
curieux et des gestes d'une insoucieuse
impertinence.

 » Angilbert ! Viomade ! bégaya Childéric en adressant vers eux un œil empreint d'une douleur suppliante.

 » Du calme, seigneur ! dit le barde
sévère ; ce breuvage est pénible, mais hier
encore une trop douce faiblesse t'en a pré-
paré l'amertume.

 » Childéric laissait tomber sa tête dans
ses mains, quand un spectacle nouveau
jeta sa patience hors des limites. Ah ! c'en
est trop, s'écria-t-il avec rage ; malheur à
qui espère me faire impunément contempler cet outrage !

 »Et aussi vite que la pensée, il saisit un
angon dans la main d'un page : le trait

acéré part et va frapper un homme, qui
chassait devant lui vers le trône à coups
de fouet son épouse d'une beauté ravissante, mais nue, les cheveux coupés, rouge
de honte, baignée de larmes, et ses pieds,
que l'Amour eût couvert de baisers, ses
pieds ensanglantés par les ronces et les
cailloux aigus. C'était Hlotilde, qui, la veille
même, ivre d'amour, serrait dans ses bras
arrondis son trop aimable roi, quand
surprise avec lui en adultère....

» Un cri élevé par une indignation uni-
verselle changea brusquement le cours
des idées :

» Eh bien ! qu'en dites-vous ? il a tué
un ingénu...! un époux, que sa passion
coupable avait outragé, est tombé mort
sous sa main ! Et pourquoi ? Une antique
coutume n'a-t-elle pas sanctionné dans
nos lois ce châtiment de la femme adultère?... Pas de composition ! sang pour

sang! Mort à l'adultère homicide! à bas le roi séducteur de nos femmes!

» Et vingt mille franciques sont agitées d'un mouvement unanime par-dessus les têtes rugissantes. Cette vue rend à Childéric toute son énergie : par les dieux! voilà ce qu'il désire : la vengeance et la mort! Recueilli dans son vaste bouclier, une jambe en avant, la tête haute, et son visage à demi couvert par le bras qui soutient sa franchise menaçante, il attend de pied ferme la multitude indécise. Mais déjà Viomade, Livinius, Angilbert, une poignée d'amis et de serviteurs fidèles se jettent devant lui et, malgré ses blasphèmes, ses menaces, sa fureur, qui se tord et se débat, ils entraînent Childéric à quelques pas des flots populaires.

» Sire, que vas-tu faire? la résistance est impossible et la mort est ici sans gloire.

» Les premiers coups de l'orage tombent

sur le trône, qui vole en mille éclats sous les francisques, et ses morceaux lancés par des mains furieuses vont résonner avec une effrayante harmonie sur les casques et les boucliers de la troupe fidèle.

» A la portée d'une flèche s'élevait, sur la lisière du champ où bouillonnaient ces fougueux comices, une antique forêt consacrée par le respect des peuples. On y voyait encore le dolmin à côté du menhir, et l'on croyait lire au front des vieux chênes qu'ils avaient vu les druides recueillir le gui sacré sur un voile blanc avec la serpe d'or, ou suspendre à leurs branches une victime humaine, la percer avec un javelot et d'un œil impassible étudier dans son agonie convulsive les énigmes du Destin.

» C'est là que Viomade entraînait, en dépit de ses efforts, le roi toujours vomis-

sant la menace, ce roi que suivait en
grondant tout son peuple mutin, à peine
contenu par le souvenir des héros dont
Childéric avait reçu la naissance, par la
vertu de Viomade, et par l'auguste sacerdoce dont le génie poétique environnait le
barde Angilbert. Dès qu'ils ont disparu
sous la première enceinte du bois sacré,
la foule, n'osant porter dans un lieu saint
le déchaînement des fureurs humaines, se
répandit en rugissant alentour comme
des lions devant la clôture impénétrable
d'un bercail. Alors Childéric se laisse
tomber au pied d'un chêne dans un sombre abattement : ses compagnons assis à
l'écart imitent son morne silence ; Viomade s'est éloigné seul ; mais, à la fin du
jour, il revient, et abordant Childéric avec
un air consterné :

» C'en est fait !... la fureur augmente...
Prince, évite un crime à ton peuple, et

réserve ta vie pour des temps meilleurs.
Une étroite amitié unissait jadis le roi de
Thuringe au vaillant Mérovée : sa cour
peut t'offrir un asile... éloigne-toi ;... si tu
tardes, un seul instant compromet ta
fuite... Dans ton absence, et veuille le ciel
en abréger la durée ! je disposerai les volontés vers ton rappel. Angilbert avec
moi...

« Moi, interrompit le vieux gouver-
neur de Childéric, ma place est encore à
côté de mon élève dans l'école de l'exil et
du malheur.

» Le prince, ému, ne put que prendre
les mains de ses deux fidèles, et les unis-
sant sur ses lèvres les mouiller de ses
larmes.

» Au sortir du bois, Viomade tire Childéric à l'écart et lui montre au flambeau
des étoiles une pièce d'or tranchée par la
moitié, telle qu'en ces temps les familles

éloignées par les distances, mais unies par
les nœuds d'une commune hospitalité,
avaient coutume d'en user pour signe
de reconnaissance entre leurs membres
voyageurs, comme un billet de change
qu'on rapporte à la souche (1).

« Prince, dit Vioniade, partage cette
pièce d'or avec moi : la moitié qui te suit
dans l'exil réchauffera ton espérance par
le souvenir de ton leude affligé, qui tra-
vaillera sans relâche à ton rappel ; l'autre
qui va rester sur mon cœur en doit rani-
mer le zèle par la pensée de mon roi qui
languira sans moi dans l'exil. Si un jour,
et puisse-t-il être demain, un affidé sûr
vient te remettre cette moitié, et que, rap-

(1) A propos de cette pièce d'or, Chiflet observe qu'il
n'est pas rare de trouver dans les cabinets des anti-
quaires une médaille ainsi divisée, qui offre les deux
bustes adossés d'Auguste et d'Agrippa. Au revers une
chaîne tient un crocodile attaché à la tige d'un pal-
mier, symbole de l'Égypte soumise, et d'Antoine, vaincu
sur les flots d'Actium.

portée à la tienne, les deux moitiés ne
fassent qu'une seule et même pièce, alors,
ô roi de mon âme, reviens hardiment;
c'est un signe que la tempête a cessé, et
que j'ai pu rejoindre ensemble les morceaux du trône que ton peuple a brisé
aujourd'hui.

»Tandis qu'il suit des yeux, dans sa marche nocturne, le couple consacré par le
double baptême de la race et du génie,
Viomade, appuyé contre un chêne, roule
dans sa pensée les souvenirs et les sym-
boles que la noble médaille rappelle dans
son esprit. Auguste! Agrippa! bel exemple que l'amitié peut exister du sujet au
monarque et du monarque au sujet...
Cléopâtre!... emblème de la volupté, qui
a triomphé de Childéric, et que Childéric
doit apprendre à jeter enfin sous ses
pieds... Et cette horde de Francs mutinés,
crocodile à la gueule béante, est-ce la

4.

ruse, est-ce là force, qui peut rattacher
maintenant sa chaîne à cette branche
cassée de la royauté, semblable au pal-
mier qui porte son fruit à la cime? »

La sixième colonne du feuilleton ter-
minait ici le premier paragraphe de ce
roman historique et la seconde page du
journal. Au recto du feuillet suivant, le
chiffre II en capitales romaines annonçait
le second paragraphe, et se fût détaché
au milieu d'un vaste blanc, si tout le vide
n'eût été couvert par une écriture à la
main. C'était une ordonnance : elle pres-
crivait un lock, qu'une malade devait
prendre vers neuf heures du soir, et quelques gouttes d'élixir dans un verre d'eau
tiède et sucrée, à minuit, à trois et à six
heures du matin. Notre lecteur du coupé,
averti déjà par les G majuscules semés çà
et là dans le titre de la nouvelle comme
pour essayer une plume, reconnut alors du

premier coup d'œil la main de Gabrielle.
Il baissa vivement le store, mit la tête à la
portière et ouvrit la bouche pour dire au
postillon de tourner bride, mais il se rappela qu'il était dans une diligence et
qu'on n'en pouvait changer la direction
suivant les caprices d'un voyageur. Il se
rejeta avec dépit dans le coin de son
coupé et ne sentit plus que l'impatience
d'arriver à Besançon pour repartir aussitôt.

Ainsi, Gabrielle était dans Auxerre ;
l'humble femme de l'imprimeur avait eu
pour sa garde la noble fille du colonel.
Ainsi, son amant s'était mis peut-être sur
la chaise où Gabrielle s'était assise ; il avait
porté ses mains sur des meubles qu'elle
avait touchés ; il avait arrêté ses regards
sur des objets où Gabrielle avait fixé ses
beaux yeux. Ah ! sans doute, c'était là
toute la cause de ce plaisir indéfinissable

qu'il avait éprouvé dans cette maison humide et sombre; il se rappelait qu'à son
arrivée, dès le haut de la colline, à la vue
d'Auxerre, il avait senti un tressaillement,
une vive palpitation, un dilatement de
tout son être; il se souvenait qu'à son départ il s'était vu saisi d'un affaissement,
d'une tristesse, d'un serrement de cœur
inexprimable. C'était donc un pressenti-
ment qu'il s'approchait de Gabrielle; c'é-
tait donc un avertissement qu'il s'éloi-
gnait d'elle.

Au milieu de ces réflexions, la diligence
était arrivée : les porte-faix s'arrachaient
les malles, les garçons de restaurants et
les servantes d'auberges se disputaient les
voyageurs. Alphonse descendit, et, s'adressant au premier commissionnaire venu :

— Y a-t-il une voiture qui parte à l'instant pour Lyon... Dijon... Auxerre?

—Oui, monsieur!... à deux pas d'ici!...
Elle va partir dans huit ou dix minutes.

— Eh bien! portez-là cette malle et ce
sac de nuit.

— Conducteur, avez-vous une place?
cria Linville en courant vers la diligence
attelée déjà.

— Il y en a une encore, monsieur, répondit l'autre, mais sur la banquette.

— N'importe! je la prends... Faites
charger mes effets.

Le voilà donc regagnant Auxerre, sans
une minute d'arrêt, comme s'il eût fait la
gageure d'une course exécutée dans le
moindre temps possible : mais le plaisir
de connaître enfin où demeurait Gabrielle
avait dissipé sa fatigue ; il trompait la
faim par le souvenir de cette fille adorée,
et charmait les longueurs du voyage par
les plans qu'il dessinait dans sa tête pour
renverser de vive force ou tourner les

obstacles d'un entretien particulier avec
elle. Ne pouvait-il pas se déguiser en
homme d'église, s'annoncer sous un nom
d'abbé emprunté et demander Gabrielle
au parloir? Il pouvait aussi, dans une nuit
que madame Sébastien plus malade re-
tiendrait sa pieuse et charmante garde auprès de son lit douloureux, venir frapper
bien doucement à la porte et causer sans
être vu avec Gabrielle dans cette maison
discrète et dévouée. Il pouvait encore fein-
dre une maladie, tromper un médecin
ignorant, faire venir du couvent une
garde-malade et diriger le choix adroite-
ment sur la sœur Gabrielle. Si le postillon eût versé la diligence dans les dernières postes, non-seulement l'amoureux
voyageur lui avait d'avance accordé gra-
tuitement son pardon, mais il lui aurait
eu même une sensible obligation de quelque bonne blessure, qui aurait pu lui don-

ner le plaisir de se mettre au lit dès son arrivée et de faire demander une garde dans la communauté des saintes filles.

Malheureusement, la voiture arriva sans accident : Alphonse retint une chambre à l'hôtel du Léopard, y fit porter sa malle, et se dirigea vers la maison de l'honnête Sébastien. Il suivit le quai et reconnut la rue Saint-Pancrace, qu'il avait descendue trois jours avant, lorsqu'il fut s'embarquer si mal à propos dans la diligence de Besançon. Néanmoins, il s'informa du chemin qu'il avait à suivre; il fallait d'abord monter cette rue solitaire, escarpée, tortueuse; prendre dans son prolongement la troisième rue à main droite, ensuite la première à gauche, puis descendre la première à droite, après quoi traverser diagonalement la deuxième à gauche, enfin tourner dans la première

à main droite. Alphonse remercia son in-
dicateur et brouilla aussitôt dans sa tête
les mains droites avec les mains gauches.
Il rencontra dans une rue étroite et isolée
une chapelle mortuaire, tendue dans l'ou-
verture d'une porte bâtarde et la partie
antérieure d'une allée : il paya à la froide
dépouille, exposée entre six cierges allumés, ce dernier hommage d'un salut
que l'homme vivant ne refuse jamais à
l'homme mort, et continua son chemin.
A peine eut-il fait dix pas qu'une idée l'arrêta subitement. La mission de l'ordre
pieux, dont Gabrielle était membre, n'é-
tait pas seulement de soigner les malades;
c'était aussi un de ses devoirs les plus vé-
nérables de veiller auprès des morts et de
les accompagner jusqu'à leur sépulture.
Il revint donc sur ses pas, conduit moitié
par la curiosité, moitié par l'espérance;
mais, pour déguiser l'intention de ce mou-

vement rétrograde, il prit le goupillon et
donna de l'eau bénite au mort.

En effet une religieuse était en prières
au fond de la chapelle ardente, à genoux
par terre devant une chaise, à la droite du
mort; elle tournait le dos à Linville, mais
sa tête baissée laissait entrevoir un cou de
jeune fille blanc et potelé : les yeux d'Alphonse n'en voyaient pas davantage, mais
son cœur en devina plus; il palpitait,
car... c'était Gabrielle !

Elle était seule ; une autre chaise vide
se trouvait à la gauche du mort; Linville
se glissa doucement à cette place, il se mit
à genoux devant elle, séparé seulement
de la jeune fille par une largeur de cercueil; il frémissait de plaisir, malgré la
tristesse de l'occasion ; il brûlait de commencer un entretien si désiré, mais il
était retenu par la solennité du lieu.

Sa vive émotion s'exhala dans un pro-

fond soupir. Mademoiselle d'Hangest tressaillit, car elle se croyait seule ; elle écouta
frissonnante et la respiration un moment
suspendue ; elle tourna sa tête baissée
avec inquiétude vers le cercueil, et, dans ce
mouvement, elle aperçut un jeune homme
les yeux tendrement fixés sur elle-même ;
Gabrielle reconnut Alphonse et, toute
saisie, elle demeura immobile, ses regards
attachés sur lui et la bouche entr'ouverte
pour jeter un cri de surprise, que la surprise même étouffa entre ses lèvres. Enfin, après une si longue absence, son
amant pouvait s'enivrer dans l'ardente
contemplation de ces dents blanches,
étincelantes d'une pureté virginale, de
ces sourcils d'une élégance achevée et
dont l'ébène luisante jetait un reflet d'azur
aux rayons de six cierges allumés, de
ces grands yeux bleus nageant dans l'é-
mail humide et encadrés par de longs

cils noirs, agrément si rare, qui joint l'attrait piquant de la vivacité au charme
touchant de la langueur.

— Marie, lui dit-il, au jour et à l'heure
où j'ai reçu ta lettre il n'y avait plus,
comme aujourd'hui, que l'intervalle d'un
cercueil entre nous !... Quelle fatalité,
acharnée à me nuire, t'a donc fait si-
tôt faillir à l'espérance, et a rejeté entre
nous deux un nouvel abîme qui, hélas!
aura...

— Toute la durée de la vie, interrompit la jeune fille avec un soupir étouffé.

Alphonse poussa un gémissement douloureux :

— Oh!... que tu m'as fait de mal!...
Oh!... ne prononce plus ces paroles qui
m'ont brisé le cœur, Marie!... ma bien-
aimée Marie!

— Marie n'est plus! répondit-elle avec
un triste sourire. Depuis qu'elle est morte

au monde, il n'y a plus à la place que Gabrielle.

— Non ! laissez-moi penser que Marie
sommeille encore dans Gabrielle : laissez-
la se réveiller à la voix de mon amour.
Sortez de la tombe, Marie, et venez jouir
des joies, que nous promet un amour que
rien ne peut jamais éteindre.

— Vous parlez de joies, et vous oubliez
que le deuil nous enveloppe ici; vous
nous promettez un amour qui brûlera
d'une flamme inextinguible, et vous ne
pensez pas qu'il y a là entre nous un cœur
tout brûlant naguère que la mort vient
de glacer !

— Mais l'âme qui animait ce cœur a-t-
elle cessé d'aimer? L'amour est la vie de
l'âme; l'amour est le devoir sur la terre;
l'amour est la récompense dans le ciel;
enfin l'amour est Dieu même, car Dieu a
dit : Je suis amour.

— Quittez ce langage, monsieur; c'est un blasphème! Vous concevez Dieu avec les idées de la chair... D'ailleurs est-il séant de glorifier l'amour sur le cercueil de sa victime : car, sachez-le, ce drap noir, parsemé de larmes d'argent, couvre une jeune fille morte de langueur et consumée par un amour sans espérance.

— Hélas! c'était donc la sœur de ma douleur! Qu'elle a dû souffrir! Que je la plains! Mais elle ne souffre plus, et j'envie son sort, qui sera bientôt le mien, si je ne suis plus aimé de vous.

— Alphonse, n'êtes-vous pas mon prochain? Croyez-le bien, je vous aime comme moi-même; la religion ne m'en fait-elle pas un devoir? Elle n'empêche pas même que vous ne goûtiez la satisfaction de penser que vous êtes le premier entre tous les enfants d'Ève, que la charité m'impose la douce loi d'aimer.

— Ah! je n'accepte pas un tel amour
en échange du mien, il n'est pas de la
même nature; car moi, j'aime avec toutes
les facultés de mon âme et toutes les forces de mon corps.

— Me proposez-vous donc l'amour
d'une adultère et la flamme d'une inces-
tueuse, car ne suis-je pas devenue l'épouse
de votre père qui est dans les cieux?

— Vous croyez me désespérer et vous
ranimez mon espérance... Vous souvenez-
vous, Gabrielle, de ce roi Seleucus, moins
heureux et moins fier de sa riche couronne que d'une jeune épouse accomplie
en toutes grâces et en toute beauté. Son
bonheur eût égalé dès ce monde toutes
les félicités du ciel, mais son fils, le jeune
Antiochus, languissait d'une maladie
inconnue, et sa vie s'éteignait comme une
lampe arrivée aux dernières gouttes de
son huile : le médecin découvrit la cause

cachée de ce mal incurable à son art. Le jeune mourant se consumait d'une passion secrète pour la charmante épouse de son père. Que fit Seleucus ? Il fallait perdre un fils chéri ou une épouse adorée ; il immola son amour au salut de son fils, et sauva son cher malade en lui sacrifiant les délices de sa vie... Hélas ! ô mon Dieu ! nouvel Antiochus, j'aime votre épouse, ô mon père, jusqu'à en mourir !

En ce moment des psalmodies couvrirent le murmure de sa voix ; le prêtre, arrivé avec ses chantres et ses enfants de chœur, jetait sur le cercueil de l'eau bénite et des prières. Linville se tut ; il était observé, il composa dévotement son maintien ; les fossoyeurs, enveloppés de leurs manteaux noirs, enlevèrent sur leurs bâtons cette jeune victime de l'amour ; la religieuse sortit mêlée aux femmes du

convoi et agitée d'une vive émotion, dont
cette touchante cérémonie servit à déguiser la cause plus intime. Alphonse resta
deux minutes encore dans la chapelle ardente et se retira lentement, son mouchoir sur les yeux; le crêpe roulé autour
de son chapeau depuis la mort de Julie,
et son habit noir le firent passer aisément
pour un ami, un allié, un parent ou peut-
être même pour ce beau jeune homme,
dont l'indifférence avait tué la malheureuse
Dorothée, et qu'un tardif repentir avait
sans doute amené sous les tentures funè-
bres pour mouiller le drap mortuaire de
ses larmes stériles.

CHAPITRE III.

LE RAPT IMPROVISÉ.

La visite de Linville dans la maison de l'imprimeur n'avait plus d'objet, il reprit le chemin de son hôtel et s'enferma dans sa chambre pour savourer dans la solitude les rêveries qu'il rapportait de sa courte excursion.

Dès lors sa vie désœuvrée fut pleine d'occupations, tant il mit d'art à découvrir, sans exciter le moindre soupçon,

tous les malades qui appelaient à leur chevet de souffrances les soins et les veilles
de la sœur Gabrielle; la nuit il rôdait autour de leur maison, ou demeurait appuyé sur une borne à regarder la fenêtre
éclairée par une lampe intérieure; heureux s'il voyait la silhouette de la jeune
veilleuse se dessiner sur la muraille ta-
pissée ou sur les rideaux tirés. Le jour,
que de calculs, que d'informations, que
de précautions employées afin de se rencontrer partout, comme par hasard, sur
son passage! Si elle entrait dans une
église, il en sortait; si elle sortait, il entrait et se trouvait toujours au bénitier
pour lui présenter de l'eau bénite; il entendait la messe tous les matins aux mêmes chapelles; le dimanche, à l'instant
du sermon, il profitait de cette fluctua-
tion qui accompagne ordinairement l'arrivée du prédicateur dans sa chaire, et,

feignant une grande avidité pour la parole sainte, il s'approchait aussi près que
possible de la chaise où priait la belle religieuse. Il n'en était regardé jamais, ni
dans l'église, ni dans les rues, mais un
frémissement, invisible à tout autre œil
qu'aux yeux d'un amant, révélait aux
siens qu'elle sentait sa présence magnéti-
que auprès d'elle mêler de l'amour dans
sa dévotion.

Cependant, s'il avait réussi à dérober
avec une adresse infinie les secrets de son
cœur à l'attention d'une petite ville, où il
y a trop d'esprit et trop peu d'affaires
pour qu'il n'y ait pas beaucoup de médi-
sances, il avait observé qu'il rencontrait
continuellement sur ses pas un ecclésiastique de quarante à cinquante ans, d'une
figu e mélancolique et douce, qui le regardait toujours d'un air curieux, et qu'il
avait surpris même à se retourner plus

d'une fois pour le regarder encore par
derrière, lorsqu'il était passé.

Depuis quatre ou cinq jours, il avait
perdu les traces de Gabrielle; un soir, il
se promenait, accompagné de Zerbine, la
petite chienne de l'imprimeur Sébastien.
Il était onze heures déjà, mais son âme,
non rassasiée encore de rêveries, le me-
nait de rue en rue, sans but, au hasard,
et, dévidant ainsi le fil de ses chimères, il
passa le pont et s'aventura dans le fau-
bourg dont les habitations bordent la
route de Lyon. Parvenu à la dernière
maison, isolée des autres par un assez
grand intervalle, il vit tout à coup Zerbine s'arrêter, comme impressionnée,
mettre son museau sur le seuil, flairer,
remuer la queue, se dresser contre la
porte, sauter, geindre, venir à lui et retourner vers la maison. Cette pantomime
de l'intelligent animal tira Linville de sa

rêverie : Gabrielle était là peut-être ! Elle
était bien connue de Zerbine ; elle avait
tant de fois partagé son repas frugal avec
la jolie chienne durant tant de jours et
tant de nuits passés au chevet de madame
Sébastien ! Le mélancolique promeneur
se mit aussitôt à faire l'inspection minu-
tieuse de cette chétive maisonnette. C'était
une chaumière composée d'une pièce au
rez-de-chaussée, avec un grenier au-dessus,
une seule porte devant, une seule fenêtre
derrière, elle était flanquée d'un très-
petit jardin environné d'une haie moitié
vive et moitié sèche de sureau et d'échalas. Linville franchit la clôture, et distin-
gua au travers du volet brisé, vermoulu
et déjeté, une femme de soixante et dix
ans au moins, couchée dans un lit à co-
lonnes tronquées. Gabrielle, car c'était
elle-même, lui soutenait la tête et approchait de sa bouche une tasse de faïence

pleine de tisane. Un vieillard, presque
octogénaire, embrassa la malade, et sortit. Alphonse conjectura, d'après le bruit
et le mouvement, qu'il était monté dans
le grenier, qu'il retirait son échelle derrière lui, et qu'il s'arrangeait une couche
dans la paille, car il n'y avait qu'un lit
dans la chambre et qu'une chambre dans
la maison.

Ensuite Gabrielle vint s'asseoir auprès du
foyer où brûlaient quelques sarments verts;
elle changea vingt fois la disposition des
tisons, mais la cheminée mal construite,
rabattit continuellement la fumée dans la
chambre; elle ouvrit et ferma vingt fois
son bréviaire, car la douleur cuisante de
ses yeux ne pouvait soutenir huit ou dix
minutes de lecture : elle ouvrit la fenêtre,
mais le vent soufflait de ce côté, et, plus
intense, rejetait la fumée dans l'intérieur.
Alors, elle étendit soigneusement les ri-

deaux autour du lit, attacha leurs extré-
mités avec des épingles, tira le verrou et
laissa la porte entr'ouverte afin d'établir
un courant d'air qui entraînât au dehors
l'étouffante vapeur. Cela fait, elle se tint
sur le seuil un moment pour contempler
la magnificence du ciel étoilé; elle préta
l'oreille de près et de loin, elle tourna ses
yeux à droite et à gauche, devant et derrière; enfin, rassurée tout-à-fait par le
silence et la solitude, elle sortit et vint
s'asseoir sur un banc de terre adossé au
mur de la chaumine.

Là, elle se mit à contempler la beauté
rayonnante de la voûte étoilée, et s'aban-
donna doucement à cette sublime rêverie,
que le sentiment mystérieux de l'infini
inspire aux âmes religieuses. Quelles abs-
traites voluptés ne goûtent-elles point à
plonger ainsi dans l'espace, au milieu de
ces mondes, éclairés par la foule incalcu-

lable des soleils, qui se manifestent à nos
yeux sous les apparences affaiblies d'é-
toiles, de points lumineux ou de voie
lactée! Quelle multitude innombrable de
globes opaques, autres mondes habités,
invisibles à l'œil des hommes, inaperçus
même aux instruments de la science,
exécutent leur silencieuse évolution autour de ces grands centres planétaires!
Peut-être dans ces mondes y a-t-il des
sphères où vivent des êtres supérieurs à
l'homme? Peut-être aussi il est parmi eux
des globes terraqués où naissent et meu-
rent des races intelligentes, moins heureusement douées que la race humaine?
A quel mystérieux anneau les mains de
Dieu ont-elle fixé la terre dans cette chaîne
immesurable? Qui oserait dire que c'est à
ce monde sublunaire que commence seulement l'union d'une âme intelligente
avec un corps muni d'organes? Qui oserait

soutenir qu'il y a partout dans l'espace
égalité de sens physiques et parité de facultés intellectuelles, sans nier que la
variété infinie est elle-même un attribut
de l'infinie puissance? Quel est donc le
rapport ineffable de ces mondes à la terre,
de la terre à ces mondes, et de ces mondes
entre eux? Là, sans doute, est la raison
impénétrée et impénétrable de la vie et de
la mort; là sans doute est la sainte énigme
de la création! A quel révélateur Dieu
a-t-il jamais confié ou confiera-t-il jamais
la mission d'en apporter le mot sacré à la
terre?

Tandis que ces pensées roulaient dans
son esprit, mais effleurées, confuses,
craintives, incomplètes, repoussées même,
Zerbine, qui s'était couchée aux pieds de
son ami, et, sommeillant roulée sur elle-
même, réchauffait son museau froid entre
ses deux pattes de derrière, leva soudain

sa tête, secoua ses oreilles pendantes,
gronda, s'élança par vingt ou trente bonds
en avant, et s'arrêta le poil hérissé, le cou
tendu et les regards fixes, aboyant vers
une ombre suspecte, où Linville jeta les
yeux et crut voir un objet indistinct,
homme ou bête, ramper entre les sillons
d'une vigne, se couler de cep en cep vers
un vieux noyer et disparaître ou se cacher
derrière. Mais toute son attention était
trop occupée de Gabrielle pour qu'elle pût
s'arrêter beaucoup sur un incident qui ne
lui parut avoir aucune relation avec son
amour. L'étoile de ses pensées n'était plus
dans l'atmosphère de la chambre enfu-
mée; elle avait changée d'horizon, et force
était à l'observateur de cherche un nouvel observatoire. Il sortit du jardin, et se
glissa derrière un buisson d'églantiers, en
saillie sur le front de la chaumière à l'angle du champ voisin. Il vit Gabrielle dans

l'attitude contemplative où nous l'avons
quittée, et pensait à s'approcher d'elle
sans l'effrayer, quand sa petite chienne
lui épargna la peine d'en imaginer les
moyens.

Zerbine était revenue s'accroupir aux
pieds d'Alphonse; mais, entraînée par son
inquiétude, elle sortit du buisson, s'en alla
flairant tout le long de la chaumine, re-
mua vivement sa queue, sauta sur les genoux de la jeune rêveuse, lui posa genti-
ment sur le cou ses pattes gantées d'un
poil blanc, tiqueté de points noirs, et
effleura d'une caressante *léchade* son front
levé saintement vers le ciel étoilé.

— Comment! dit Gabrielle, c'est toi!..
à cette heure!.. ici!... es-tu donc perdue?

L'air calme et rassuré de la jolie
chienne répondait non, et Gabrielle commençait à soupçonner quelque chose de
la vérité, quand son amant se présenta

devant elle d'un air passionné, mais respectueux. A cette vue, elle se leva avec effroi.

— Ah! dit-il, Gabrielle! Marie ne craignait point Alphonse...; mais on craint ce qu'on hait!

— Hélas! laissa-t-elle échapper avec ingénuité, on craint donc aussi ce qu'on aime!

Et, rougissant de cet aveu involontaire, elle fit un pas vers le seuil et essaya de rentrer dans la chaumine. Mais Alphonse avait saisi une de ses longues manches et disait :

— De grâce, restez!... pourquoi voulez-vous me ravir une faveur dont je bénis le hasard?

— Parce que le hasard finit où la volonté commence!

— Ah! Gabrielle, regardez ces étoiles, comme elles brillent! Vous souvenez-vous

de cette nuit où je vous ai dit : « Quand je
n'aimerai plus Marie, ces étoiles auront
cessé de luire ? »

— Hélas ! je ne dois plus me souvenir
de ce que je ne dois plus entendre.

— Restez ! je vous en supplie, restez !...
et je vous jure de ne pas vous parler, heureux du seul bonheur de vous regarder, ô
mon ange de beauté !

— Puissé-je l'arracher, cette beauté, et
la jeter loin de moi... puisqu'il vaut mieux
entrer laide au ciel que de descendre belle
aux enfers !

A ces mots elle fit de nouveaux efforts
pour se dégager, et réussit à mettre le
pied sur le seuil ; mais Alphonse tira une
cheville de bois rustiquement fichée au
milieu de la porte en guise de poignée ; le
ressort détendu céda, le pêne rentra dans
la serrure ; ensuite il rejaillit dans la gâche
et la porte se trouva fermée.

Gabrielle pâlit : l'idée de se voir à la discrétion d'un amant, à une heure si avancée, dans une telle solitude; le cri mal étouffé de son amour, la voix impérieuse de ses vœux, le reproche d'être allée au-devant du péril en sortant de la maison, le remords de son imprudence, le souvenir du passé, l'inquiétude sur l'avenir, l'indécision du présent; toutes ces pensées ballottées dans la tempête de son esprit, heurtaient son cœur avec des secousses si déchirantes que, hors d'elle-même et n'en pouvant plus supporter la violence, elle sentait défaillir toutes ses facultés; elle chancela, s'affaissa sur elle-même et tomba sans force. Mais Alphonse la retint dans ses bras et la serra avec ivresse contre son cœur palpitant. Cet embrassement passionné acheva du lui ôter un reste de sentiment, elle perdit connaissance, et sa

joue glacée vint frapper la joue brûlante
de son amant.

Dans ce moment passait une diligence :
une idée soudaine traversa l'esprit d'Alphonse, une idée aussi hardie que subite,
mais hardie seulement parce qu'elle était
irréfléchie, car elle se fût enfuie honteusement devant la réflexion. Il cria au postillon d'arrêter ; il enveloppa Gabrielle
dans son manteau, et s'approcha, tenant la
religieuse évanouie sur son bras comme
une mère porte le soir au berceau sa jeune
fille endormie. Le coupé était vide.

— Je le prends.... tout entier.... entendez-vous?... pour moi!... n'y laissez plus
monter personne.

— Est-ce que madame se trouve mal?
dit le conducteur étonné.

— Non, elle dort!... prenez garde!... ne
la réveillez pas !

Le ravisseur improvisé entra doucement sa proie dans le coupé; il posa dans le coin du fond son cher fardeau, et... la diligence repartit.

Mademoiselle d'Hangest recouvra peu à peu l'usage de ses sens, mais, aux premières impressions que perçut son âme, au galop des cinq chevaux attelés, au bruit des quatre roues, au balancement de la voiture suspendue, elle se crut dans l'ivresse d'un songe, et promena ses mains autour d'elle pour dissiper ce qu'elle pensait une illusion. Le postillon jura et fit claquer son fouet; elle tressaillit et soupçonna la vérité :

— Où suis-je? s'écria-t-elle.

— Vous êtes en sûreté, ma sœur; n'ayez point d'inquiétude, répondit Alphonse d'une voix craintive et caressante.

— Mais encore, où suis-je, monsieur?..

— Auprès de l'époux auquel votre excellente mère a fiancé votre main.

— Oh! monsieur, qu'avez-vous fait?....
Quoi! vous avez donc osé...? et vous êtes...

— Votre ami d'enfance, votre fiancé,
Alphonse de Linv...

— Non! vous ne l'êtes pas! interrom-
pit-elle avec impatience; il n'aurait osé
souiller du bout de son doigt seulement la
sainteté de mon voile, et vous...

— Ah! Marie!... souffrez que je vous
rende ce nom... tous les jours de ma vie
seront dévoués à expier cette heureuse
faute, si c'en est une!

— Une faute, monsieur?... c'est un
crime...!

— Dont l'amour est l'excuse...

— Cessez! nulle part je ne dois écouter
ce langage; mais ici, moins qu'ailleurs.
Baissez le store, monsieur, et faites arrêter
la voiture!

— Daignez m'écouter un instant,
Marie, et, je vous en fais le serment, vous

6.

serez libre, si je n'ai le bonheur de vous
faire adopter les motifs, qui...

— Pas une minute de plus, monsieur !
vous l'accorder, c'est me rendre complice
d'une action si coupable.

Elle mit la main sur le store, mais Alphonse en arrêta la chute dans la coulisse.

— Attendez au moins jusqu'au relais.
Quoi ! descendre ainsi seule, dans la nuit,
au milieu d'un grand chemin ! songez-
vous aux discours méchants que peuvent
susciter ces apparences?

— Faisons ce que le devoir nous com-
mande ; les apparences seront ce qu'il
plaira à Dieu ; mais j'espère que sa justice
ne les tournera point à la confusion de
l'innocence.

L'image des peines attachées à ce creu-
set de patience, où Dieu se plaît souvent à
épurer la vertu des saints, pressa douloureusement son cœur et en fit jaillir un

ruisseau de larmes. Alphonse était vivement touché, mais il ne fut pas ébranlé
dans la résolution de pousser jusqu'à ses
extrêmes conséquences l'aventure de cet
enlèvement improvisé. La religieuse éplorée saisit un moment sur lui et baissa rapidement le store, mais son ravisseur fut
encore plus leste à relever la glace tombée
dans la coulisse.

— Monsieur, dit mademoiselle d'Hangest d'un air imposant et avec le ton le
plus digne, au nom des égards que mérite
mon sexe, au nom du caractère saint dont
la religion m'a consacrée, au nom de la
réparation due à l'outrage que j'ai reçu
de vous, je vous ordonne de baisser le
store et de faire arrêter la voiture!

Alphonse garda le silence et n'obéit pas,
mais il était facile de voir au tremblement
convulsif de sa main appliquée sur le

store qu'il soutenait en lui-même un violent combat.

— Hélas! s'écria Gabrielle avec un redoublement de larmes, quel scandale jeté dans le monde! quelle honte déversée sur mes sœurs de la communauté!... Et ma pauvre malade abandonnée!... Ah! quelle atrocité!

Soudain, saisie par un mouvement de colère, le seul qu'eût jamais éprouvé cette âme pure, calme et douce comme les colombes, elle prit avec ses deux mains faibles le robuste bras d'Alphonse et s'efforça de l'écarter du store. Lutte inégale! peine stérile! Alors, désespérée, elle retira une de ses mains dans sa longue et large manche, en rassembla les plis épais, les roula autour de son poing comme un bourrelet, frappa un grand coup à travers le store et les vitres cassées volèrent en éclats sur la route.

— Holà! ho! André, dit le conducteur, qu'est-ce que c'est que cela?

Le postillon arrêta ses chevaux.

— Conducteur, s'écria la jeune fille triomphante, ouvrez le coupé! ouvrez vite! je veux descendre!

— N'ouvrez pas! dit Linville... conducteur, n'ouvrez pas!

L'homme au collet galonné descendit en grondant : « Ouvrez, n'ouvrez pas... Il paraît que la guerre est dans le ménage. »

L'esprit inventif de Linville saisit aussitôt ce mot à la volée; tandis que la plaintive religieuse balbutiait presque à voix basse, tant elle craignait d'attirer l'attention des autres voyageurs :

— Monsieur, on m'a portée ici évanouie et l'on m'y retient malgré moi.

— Malgré vous, peut-être, madame, dit Alphonse avec gravité; mais j'en ai le droit, j'espère!

— Et quel droit, monsieur?

— Mais, ce me semble, un assez grand...
celui qu'un acte authentique donne au
mari sur sa femme.

— Votre femme, moi!... bon Dieu!...
heureusement que mon habit dément une
si absurde imposture!

Le conducteur ouvrit la portière, jeta
un regard scrutateur sur le costume religieux de sa gémissante voyageuse et mit
la main sur le marchepied; mais l'adroit
jeune homme lui coula subtilement sa
bourse, tandis qu'il repartit avec ironie :

— J'admire, madame, votre infinie
présence d'esprit, et avec quelle rare habileté vous faites servir ce déguisement au
succès d'une ruse dont je ne pense pas
que notre intelligent conducteur soit
beaucoup la dupe... Vous m'appelez mari
jaloux; eh bien! soit! J'ai le ridicule à vos
yeux d'aimer fort peu les voluptés fur-

tives du carnaval; j'ai même assez mauvais
goût pour ne trouver aucun plaisir à vous
voir langoureusement valser avec le jeune
et trop séduisant... marquis... de... Chevannes...; je m'en confesse! mais permettez que j'ajoute encore à tous ces péchés
celui de vous ramener sous le toit conju-
gal; que je dérobe cette nuit son plus bel
ornement au bal déguisé de M. le préfet,
et que votre époux soit le seul amant qui
puisse admirer aujourd'hui ce costume
d'une si rigoureuse exactitude.

Ce mensonge, débité avec un aplomb
incroyable, étourdit la timide vierge à tel
point qu'elle retomba défaillante sur le
siége et ne put trouver un seul mot à lui
répliquer.

— Alors, dit le conducteur, ce n'est
pas mon affaire... Arrangez-vous ici, tête
à tête : car, comme disait le grand homme,
il faut laver son linge sale en famille.

Après cette maxime impériale, il referma la portière : « Enlevez! » cria-t-il au postillon, et il remonta dans le cabriolet, moins convaincu par les remontrances maritales de son voyageur, que par les raisons monnayées qu'il sentait peser dans la bourse pleine.

Cependant, s'approchaient derrière eux des chevaux qui trottaient au son de leurs grelots et d'un air sifflé par l'homme qui les conduisait en s'accompagnant à l'octave d'un fouet, dont il détachait des croches et des doubles croches en cadence. C'était un postillon qui ramenait au grand trot ses deux chevaux et qui les mit au pas à volonté pour monter de conserve avec la diligence cette fertile colline du haut de laquelle on voit descendre, à mi-côte sur le revers opposé, le bourg pittoresque de Saint-Bris. Il montait son porteur; mais sur l'autre cheval, sans étrier ni selle, se te-

nait un voyageur dont la mise ne ressemblait point au costume d'un cavalier. Des
souliers lacés sur le cou-de-pied, ses bas
noirs, sa culotte courte de même couleur,
un manteau bleu sur les épaules, une soutane relevée sur les cuisses annonçaient
assez la qualité du personnage, sans le
tricorne ecclésiastique, dont le trot du
cheval faisait valser et passer tour à tour
chaque cône pointu, de la tempe à la
nuque et de la joue droite à l'oreille gauche.

— Halte! s'écria-t-il avec un signe de la
main au conducteur; halte là!

Celui-ci, fatigué de monter, lassé de
descendre, et d'ailleurs au complet, feignit
de ne pas voir et de ne pas entendre.

— Halte! cria le voyageur d'une voix
plus forte; halte là donc!... arrêtez, vous
dis-je!

— Il n'y a pas de place, répondit l'autre avec humeur.

— Il ne s'agit pas d'une place...

— En ce cas, il est inutile d'arrêter.

— Arrêtez de vous-même ici, repartit l'homme au tricorne, ou je vous fais arrêter au relais par la gendarmerie.... pour complicité d'un crime prévu par l'article 341 du *Code pénal.*

Je doute que les paroles sacramentelles de l'ancienne magie aient opéré jamais plus de prodiges que ces trois mots : *gendarmerie* et *Code pénal.* Le conducteur, frappé de ces trois balles à bout portant, soupçonna que cette rencontre nocturne n'était pas sans connexion avec l'histoire du coupé, et fit arrêter la voiture sans répliquer une seule parole, craignant de se heurter par un mot déplacé dans les ténèbres de cette affaire.

— Qu'y a-t-il donc cria l'impatient

Linville passant à demi la tête par sa portière... pourquoi la voiture ne marche-
t-elle plus ?

L'inconnu, ouvrant la portière du côté
où la religieuse enlevée était assise tout en
pleurs et gémissante, repartit d'une voix
haute et nette :

— C'est que la sœur Gabrielle n'aura
pas l'honneur d'accompagner plus loin
M. Alphonse de Linville, qui voudra bien
me permettre de lui épargner les frais et
les difficultés d'un plus long voyage.

Linville, étonné de s'entendre nommer, jeta un regard mécontent vers
l'homme en soutane et reconnut avec stu-
péfaction ce même prêtre indiscrètement
attaché depuis quelques jours à guetter et
à suivre chacune de ses allures.

— Ah! monsieur le chapelain, dit Gabrielle... mon noble sauveur!... c'est le
ciel même qui vous envoie!

Et, sans attendre que le marchepied
fût baissé, elle se précipita hors du coupé,
saisit la main du prêtre et s'y attacha étroi-
tement comme le noyé s'accroche à la ra-
cine du tilleul qui serpente sur le rivage
dégradé.

Le ravisseur, tout abasourdi de ce coup
imprévu, descendit avec le pied d'un
homme ivre incertain s'il devait continuer son stratagème, et faire passer l'im-
portun ecclésiastique pour le *jeune et trop
séduisant marquis de Chevannes* déguisé :
malheureusement, l'âge sérieux du prêtre
n'était plus celui de la folâtre jeunesse; et
sa figure, sans avoir rien de laid, n'avait
aussi rien de séduisant et marquait un
homme plus fait pour sentir que pour
inspirer des passions. Il n'avait pas achevé
ces réflexions que déjà le conducteur avait
refermé la portière de son coupé, et, re-
monté à sa place, commandait au postillon

de pousser son attelage au galop, enchanté de se débarrasser d'une affaire un
peu délicate et d'emporter comme souvenir la bourse peu embarrassante de son
voyageur mis à pied.

La sainte brebis, sauvée du loup, reprit
donc à grands pas le chemin d'Auxerre;
l'abbé se mit à sa droite et Linville prit
la gauche. Elle n'affecta point de le fuir,
de détourner de lui ses regards, ou de n'a-
dresser la parole qu'à l'abbé Sérange; car
c'était le nom de ce bon prêtre, son digne
confesseur et le chapelain de sa communauté. On marchait en silence : Gabrielle,
les yeux baissés; Alphonse, révélant de
loin en loin par de profonds soupirs l'a-
gitation comprimée de son âme. Arrivés
devant la maison de la vieille malade, on
fit halte sans mot dire : l'abbé chercha
dans sa poche un canif à plusieurs pièces,
introduisit le poinçon dans le trou de la

mauvaise serrure, et réussit sans bruit à
retirer le pêne engagé dans la gâche. Gabrielle entra seule. Linville et Sérange
s'assirent sur le banc de terre sans se parler ni même se jeter un coup d'œil à la
dérobée. Au bout d'une heure environ, la
jeune veilleuse sortit : la bonne femme ne
s'était pas réveillée durant l'absence de
Gabrielle, et venait de se rendormir pai-
siblement après avoir bu une coupe de sa
potion. « Adieu ! retirez-vous tous deux ;
car vous avez besoin de repos l'un et l'autre. » Elle rentra, ferma sans bruit la
porte branlante et poussa doucement la
targette rouillée.

« *Tous deux !.. l'un et l'autre !* » disait en
soi-même Linville, qui marchait silen-
cieusement à côté de son rêveur compa-
gnon. Ame céleste ! ainsi elle ne conserve
point de ressentiment ; et, pour lui par-

donner, elle n'attend pas que le coupable
demande son pardon! »

A la porte de son hôtel, l'abbé Sérange
et lui se quittèrent avec un salut muet;
mais, aussitôt rentré dans son appartement, le malheureux Alphonse donna
l'essor à tous les sentiments qu'il avait eu
tant de peine à contenir. Il avait eu besoin
de mouvement, il se mit donc à marcher
rapidement, à grands pas, autour de sa
chambre; il avait eu un poids étouffant
sur la poitrine, il se soulagea par des soupirs, des larmes, des exclamations brus-
ques, des mots entrecoupés, des phrases
commencées ou terminées dans son esprit;
il avait eu besoin d'épancher son âme repentante dans le sein de Gabrielle, il prit
une plume, mais il ne put écrire et brisa
de dépit sa plume sur la feuille de papier.
Ce fut dans l'après-midi seulement que,
moins agité, il écrivit une longue épître

7

qu'il déchira sans la finir; une seconde,
la troisième et les autres jusqu'à la sep-
tième eurent le même sort; il cacheta
celle-ci à l'adresse de la sœur Gabrielle
sous le couvert de l'abbé Sérange. Il sonna,
demanda un commissionnaire, lui donna
sa lettre et se fit monter à dîner; ce fut son
premier repas depuis vingt-quatre heures.
Il se coucha et dormit enfin d'un si profond sommeil, que le lendemain, à dix
heures du matin, il n'avait pas entendu
quelqu'un frapper trois fois, de plus en
plus fort, à sa porte, tourner la clef dans la
serrure, entrer et s'asseoir dans la bergère à
côté de son lit en attendant complaisamment son réveil.

C'était l'abbé Sérange; il rapportait à
Linville sa lettre cachetée.

— Elle ne l'a donc pas lue..?

— Non!... mais ce n'est par suite d'aucun sentiment, dont vous ayez à vous

plaindre. « Je pense que cette lettre con-
tient les expressions de son juste repentir,
m'a-t-elle dit; je le crois sincère, mais j'en
exige une preuve... »

— Laquelle? il n'en est aucune que je
ne sois disposé à lui donner.

— C'est que vous ne chercherez point à
découvrir ce qu'elle est devenue; car elle
vient de quitter Auxerre, et va passer dans
une autre congrégation.

Ce sacrifice d'une de ses volontés n'était
qu'une légère expiation de ses torts de la
veille, Alphonse le sentit, il promit, il s'engagea... mais il ne s'éloigna pas d'Auxerre,
car il y trouvait du charme à visiter les
lieux où il avait aperçu, rencontré ou en-
tretenu la sœur Gabrielle.

CHAPITRE IV.

L'ABBÉ TRAVESTI.

————

Deux ou trois semaines s'écoulent : il avait observé qu'il ne rencontrait plus maintenant l'abbé Sérangé; il n'en fut pas surpris : la sœur Gabrielle n'étant plus dans Auxerre, quelle nécessité de surveiller les démarches de son amant? Comme il n'avait plus besoin de jeter autour de soi tant de mystère, il avait rappelé son diligent Michel, qui fut chargé de s'introduire chez l'abbé, de lier connaissance avec sa gouvernante, de remarquer toutes

les lettres que le facteur apportait chez
lui, dans l'espérance de trouver, sur une
adresse, la main de Gabrielle et de savoir,
par le timbre de la poste, en quel nouveau
pays elle demeurait. Il avait bien promis
qu'il ne chercherait pas à le connaître,
mais il s'excusait à ses yeux en se protes-
tant à lui-même qu'il ne ferait aucun
usage de cette découverte, ni pour lui parler, ni pour lui écrire, ou la troubler de
quelque autre manière dans sa paisible
retraite. Michel revint bientôt lui annoncer que l'abbé Sérange s'était démis de sa
chapellenie, qu'il n'habitait plus Auxerre,
mais telle rue de Paris, à tel numéro.
— En ce cas, nous partons demain,
Michel, faites les malles, dit Alphonse
intrigué de ce départ qui suivait de si près
la fuite de Gabrielle.
Une fois dans Paris, son premier soin
fut de louer un appartement vis-à-vis de

la maison où demeurait Sérange, et d'attacher son domestique à tous les pas de
l'abbé, dans l'espoir que ses traces le con-
duiraient à savoir où la sœur Gabrielle
habitait maintenant. L'abbé sortait le matin pour dire sa messe; il rentrait aussitôt
et restait chez lui jusqu'au soir, dont il
passait ordinairement deux ou trois heures
dans la rue Dauphine, chez deux jeunes
demoiselles qui tenaient un magasin de
lingerie et demeuraient avec une vieille
dame chérie d'elles et vénérée comme
une mère, bien qu'elle ne leur fût ni parente, ni alliée.

— Deux sœurs! dit Alphonse... l'aînée
a vingt et un ans, et l'autre dix-sept!.. se-
raient-elles ses filles?

— Elles sont fort jolies toutes les deux,
ajouta Michel; mais elles ont, surtout la
plus jeune, un air de tristesse qui s'accorde
peu avec leur jeunesse et leur beauté.

Cette observation fit dériver la pensée d'Alphonse vers un objet, dont l'intuition porta sur ses lèvres un sourire et dans ses yeux l'éclat d'une joie maligne, car, tout excellent que fût son cœur, il était néanmoins dans une poitrine humaine, et partant il n'eût pas été fâché de surprendre lui-même dans une faiblesse l'homme qui l'avait appréhendé naguère en flagrant délit d'enlèvement.

— Serait-ce sa maîtresse ! dit-il, c'est probable ! Que signifie cette tristesse ? sans doute c'est le chagrin d'une liaison mal assortie ! le regret d'avoir cédé aux séductions d'un hypocrite !.. Quel danger couvert ma candide Gabrielle eût couru avec un tel misérable !.. il faut le démasquer !

On était alors au jour de la mi-carême ; Michel entra brusquement ce soir-là dans son cabinet, au moment où Linville se couchait.

— Monsieur, dit-il, j'ai vu sortir un masque de la maison en face : devinez qui c'est?

— Comment veux-tu que je devine?.. je n'y connais âme qui vive, si ce n'est l'abbé Sérange.

— Ah! ma foi! vous l'avez deviné du premier coup!

— L'abbé Sérange?..

— Lui-même!.. travesti et masqué !

— En es-tu bien sûr?

— Sans doute!.. puisque j'étais devant sa porte quand il en est sorti. J'ai reconnu sa voix; il disait au concierge : «Le monde y supposerait du mal sur les apparences; mais Dieu connaît et approuve l'intention. »

— Le tartufe!.. quelle hypocrisie!

— Voyez-vous ça?.. comme il en fait accroire à son concierge!

— Où allait-il?

— Il vient de monter dans un des cabriolets qui stationnent au coin de la rue.

— Et tu n'es pas monté derrière!...

— L'idée ne m'en est pas venue.

— Au reste, on devine sans peine où il
va..., chez les jeunes lingères de la rue
Dauphine! Ah, parbleu! je veux être demain le premier à lui souhaiter le bon-
jour!

Linville s'enveloppa le menton dans
une épaisse et large cravate, mit des gants
fourrés, se coiffa d'une chaude casquette,
jeta sur ses épaules un long et vaste manteau, et sortit. Il fut se placer en sentinelle
dans la rue Dauphine, et amusé par l'espoir de la vengeance, il fit toute la nuit,
en long et en large, devant la maison des
lingères, le fatigant métier d'un *watch-
man*. Le vent soufflait, la neige tombait,
mais sa constance fut plus forte que la
neige et le vent. Enfin, le matin, à sept
heures, un fiacre qui venait du côté op-

posé à Linville, s'arrêta devant la maison;
une demoiselle en robe blanche, en toilette de bal, descendit et se précipita dans
la porte entr'ouverte. Alphonse hâta le
pas, et vint barrer le passage au cavalier
qui accompagnait la jeune fille. Il était
vêtu d'un sévère costume oriental, mais il
avait perdu son masque et son turban.
Alphonse s'arrêta devant lui; il regarda
fixément l'homme travesti, et poussa l'é-
clat de rire le plus impertinent. L'abbé
Sérange, car c'était lui, ne répondit au
sarcasme que par un grave salut avec la
résignation douloureuse d'un homme qui
sent que sa conscience est pure, mais qui
sait aussi que les apparences jettent sa
conduite en curée à toutes les meutes de
la médisance.

Linville haussa les épaules et dit :
« L'hypocrite ! »

Le cocher, ricanant par derrière, cou-

chait l'abbé en joue avec son fouet, comme
s'il eût voulu mettre une balle dans le
rond de sa tonsure.

— Quand je vous dis, s'écria une balayeu-
se, qu'ils ne valent pas mieux que les autres!

— Eh! laissez-les donc, répliqua le
cocher! faites ce qu'ils vous disent et ne
faites pas ce qu'ils font!

Linville, triomphant, revint chez lui
écrire cette note, qu'il fit jeter par Michel
dans la boîte du Charivari :

« Ce matin, à sept heures, un fiacre
s'arrêtait dans la rue Dauphine et descendait à la porte du n° 28 un cavalier et sa
dame que le jour avait surpris buvant,
dans un bal enivrant, le délicieux oubli
des heures. Dans la toilette un peu en
désordre de l'amant, on reconnaissait le
costume de muphti; il avait la tête nue.
Avait-il perdu ou laissé en gage son turban? L'histoire n'en dit rien; mais on de-

vinait aisément qu'il n'était pas un vrai
muphti, — à moins que les muphtis ne
soient circoncis.... des cheveux; car celui-ci portait, à l'édification des passants,
une sainte, très-sainte, excellement sainte
tonsure!!! »

Deux jours après, comme il faisait une
visite à la comtesse de Roulhac, il trouva
chez elle un ecclésiastique d'une figure
vénérable ; l'une de ses décorations annonçait un chanoine de Saint-Denis. A
peine les premiers compliments étaient
reçus et rendus, qu'un domestique vint
dire quelques mots à la comtesse, qui demanda la permission de sortir un instant.
Les deux visiteurs restés seuls, inconnus
l'un à l'autre, attendaient chacun de son
côté, que son voisin lui adressât la parole,
quand Linville étendit la main vers une
console et prit les *Débats* du jour. Ses
yeux tombèrent justement sur sa note,

que ce journal avait empruntée au *Chari-vari*, il fit semblant de lire, et dit hypo-critement, avec le ton d'un homme qui se parle à lui-même :

— Déshonorer ainsi un caractère sa-cré... c'est désolant !

— N'est-ce pas ? dit la comtesse, qui entra sur ce dernier mot... Les forçats en rupture de banc pullulent dans Paris !

— Ce n'est rien de cela que je lisais, répondit Alphonse.

— Et qu'est-ce donc ?

Linville regarda madame de Roulhac avec l'air d'un homme qui veut faire lire sa réponse dans son regard, et, clignant le coin de l'œil vers le chanoine, il sem-blait dire que le sentiment des conve-nances l'obligeait à se taire devant un ecclésiastique. Mais celui-ci, qui avait lu aussi dans son journal l'aventure

de l'abbé travesti, entendit parfaitement
cette muette réponse, et dit :

— Monsieur pense sans doute au masque tonsuré de la rue Dauphine?

— Je n'osais le dire... Au reste, ajouta
Linville, toute la prudence humaine ne
saurait empêcher que, dans un troupeau
si nombreux, il ne se glissât de temps en
temps une brebis galeuse.

— Plût à Dieu, répondit le chanoine,
que le troupeau fût entièrement composé
d'aussi pures brebis!

— Vous la connaissez-donc, cette brebis? demanda la comtesse.

— Parfaitement!.. et c'est une des personnes que j'estime le plus.

— Alors... je vois bien qu'il n'y a pas
un mot de vrai dans cette fable du jour-
naliste.

— Je vous demande pardon : l'aventure est de toute vérité.

— Et vous n'en méprisez pas le héros!..
Voilà ce qui s'appelle de la charité chrétienne.

— Le mépriser, madame!.. ah! si vous
connaissiez le fond de cette histoire, vous
en seriez édifiée autant que je l'admire..

— En vérité! vous m'inspirez l'envie de
la savoir.

Alphonse, d'une voix un peu troublée,
se joignit à la comtesse pour demander
cette narration, quoique sa conscience fau-
tive eût déjà commencé à s'en alarmer vivement.

— Elle est un peu longue, répondit le
chanoine; mais je vais la resserrer le plus
possible.

CHAPITRE V.

L'AMOUR ET LA TACHE DE FAMILLE,
OU SUITE DE L'ABBÉ TRAVESTI.

— Par une chaude journée de sep-
tembre, deux jeunes couples de Paris
étaient venus abriter leur dimanche sous
les chênes de ces fraîches pelouses qui
entourent si délicieusement le parc de
Versailles. Un roman et deux raquettes,
dans un élégant cabas de tapisserie, composaient toutes leurs provisions de voyage.
Une vieille dame les accompagnait et sem-

blait porter, à elle seule, la somme addi-
tionnée de leurs quatre âges. Était-ce la
mère des jeunes filles; on l'eût dit aux
paroles tendres et aux prévenances toutes
filiales dont l'environnaient ses deux compagnes. N'était-elle qu'attachée à leur service; on l'eût pensé à je ne sais quelle
nuance de respect, qu'on saisissait même
dans son abandon le plus maternel.

Après le jeu, un des concierges du parc
servit, sur la pelouse, un goûter champêtre que Léonce et Cécile assaisonnaient
de leurs vives saillies jetées dans la gaieté
plus sérieuse de Théophile et d'Euphémie. Leur joie fut troublée tout à coup
par deux explosions d'injures et de menaces, de gémissements et de sanglots :
ce bruit venait d'une charmille voisine.
Léonce et Théophile y coururent; Euphémie et Cécile se risquèrent à les suivre
d'un air et d'un pas craintif. Madame

Yvonnet, c'était le nom de la vieille dame, resta seule.

Ils virent une femme qui maltraitait une jeune enfant avec une telle fureur, qu'on ne pouvait croire, à l'atrocité du châtiment, que ce fût une mère corrigeant sa propre fille. Le sang ruisselait de la bouche et du nez à la petite mendiante; car, à ses haillons sales et déchirés, on devinait ce qu'elle était du premier coup d'œil.

— Tu dis que tu as recueilli dix sous! criait la furie. Voyons! qu'en as-tu fait?

L'enfant gardait un craintif silence, qu'interrompit un cri de douleur arraché par un coup de poing tombé sur la mâchoire inférieure.

— Les as-tu perdus au jeu?.. Les as-tu bus ou mangés?.. Les as-tu égarés, faute de soin?

A chacune de ces questions, la petite

fille tremblante répondait non par un timide signe de tête.

— Eh bien! continua la mégère, qu'est-ce que tu en as fait? avoue-le, ou...

Et son poing, levé haut, menaçait de tomber lourdement sur la tempe de la pauvre innocente.

— Je les ai donnés... à la vieille mère Denys... pour acheter un pain... Elle n'a-vait pas étrenné de la journée, la malheu-reuse infirme!

— Tu les as donnés!... Et un soufflet vigoureusement appliqué fit sentir à la petite fille que la charité est un péché mortel aux yeux de l'égoïsme. — Tu les as donnés! à la vieille mendiante! chacun pour soi! Et puis, ce n'est pas pour le lui reprocher, mais, comme on dit, elle a fait son temps... Et cette gueuse qui se donne les tons de faire la charité! en voilà de l'orgueil!

— Ce n'est pas de l'orgueil !

— Et qu'est-ce donc, s'il vous plaît !

— C'est pour que Dieu nous bénisse.

— En voilà bien d'une autre ! s'écria la
furie ; et, mettant ses poings sur ses han-
ches, elle partit d'un éclat de rire, où res-
piraient la bêtise, l'égoïsme et la rage.
« Eh ! ma petite amie, où avez-vous donc
appris ces belles choses ? »

— A l'église, ce matin !.. M. le curé lisait l'évangile de la veuve, qui met sa dernière obole dans le tronc des pauvres. Elle
lui sera plus comptée qu'aux riches dans
le royaume du ciel, a dit Notre Seigneur ;
car ils ont donné de leur superflu, mais
celle-ci donne ce qui lui reste pour vivre.

— Ah bien donc ! bégaya la méchante
femme, stupéfaite de ces paroles naïves,
et, plus sûre de son bras que de son élo-
quence, elle fit tomber sur la jeune fille

une réponse de soufflets et de coups de
poing.

—Arrêtez! dit Théophile, vous abusez
de vos droits!.. Vous est-il permis de tuer
votre fille, parce que vous êtes sa mère?

—Sa mère! fi donc!.. sa mère!.. Ah!
gueuse! tu mourras comme ta mère!..
Tirez le cordon, s'il vous plaît!

Et la mégère, se passant la main sur le
cou, interpréta son affreuse métaphore
avec ce geste atroce. Euphémie frissonna!
Ensuite la méchante femme épancha sa
fureur dans un torrent de blasphèmes,
d'injures et de menaces, où la jeune société comprit que la petite malheureuse
était une enfant de l'amour; que sa mère,
abandonnée par son amant et aveuglée
par son désespoir, s'était embusquée un
soir avec une hachette toute fraîchement
aiguisée au coin d'une rue obscure, où le
séducteur devait passer avec sa nouvelle

maîtresse, et avait abattu son infidèle, roide-mort d'un seul coup aux pieds de sa rivale. Après le supplice de la mère, cette méchante femme avait recueilli l'enfant, non par charité, mais par une vile spéculation afin de la faire mendier à son profit et de se constituer par elle une rente sur les aumônes des passants.

— Pauvre enfant! dit Euphémie, si elle voulait venir demeurer avec moi, j'essaierais de la rendre plus heureuse...

— Avec vous, ma jolie demoiselle! s'écria la petite fille... Oh! je bénirais toute ma vie les coups que j'ai reçus aujourd'hui, si je leur devais un tel bonheur.

— Ah! vagabonde... tu veux t'en aller!.. tu veux me quitter!.. mais ça ne se fait pas comme cela, entends-tu?

— Entendez vous-même! dit Léonce arrêtant le bras levé de ce démon sur la malheureuse orpheline; je sais comment cela

se fait, car je suis avocat. Je vais porter
ma plainte au procureur du roi, et nous
verrons si vous avez le droit de la battre
avec cette fureur.

— Le procureur du roi! fit la mégère,
dont ce mot commençait à refréner la colère; est-ce que je l'ai battue, cette chère
enfant? est-ce possible!... Mais, comme on
dit, qui aime bien, châtie bien!

— Et c'était aussi par amour que vous
m'avez cassé le bras cet hiver à coups de
chaise, répondit la petite mendiante avec
un timide reproche.

— Tenez, dit Théophile en tirant sa
bourse; votre cause est mauvaise et vous
avez affaire à forte partie : le meilleur
conseil que vous avez à suivre, c'est de
prendre ces vingt francs et de vous en
aller sans mot dire!

La méchante femme continua encore à
blasphémer comme un orage qui s'éteint;

elle prit les quatre pièces d'argent et s'é-
loigna seule sans dire adieu ni merci!—La
jeune société retourna à son goûter et la
conversation suivit naturellement le cours
que lui avait donné cette aventure.

— Elle sera jolie, dit Théophile en regardant Georgette, c'était le nom de l'orpheline enchantée de sa nouvelle adoption,
mais il ne sera pas aisé de lui trouver un
mari à cause de sa tache originelle.

— Bah! repartit Léonce, c'est un préjugé éteint comme bien d'autres, grâce à
la raison plus avancée.

— Je ne sais pas, répondit Théophile...
Au reste, il en est des préjugés comme des
religions, qui conservent de l'empire sur
les esprits, long-temps encore après que
l'on a cessé d'y croire... Ne dirait-on pas
qu'il y a dans celui-ci quelque chose qui
semble tenir par un certain lien à une
opinion religieuse?

— Religieuse!... j'avoue que je ne saisis pas bien ton idée.

— L'infamie qui s'attache à la postérité d'un homme criminel, me semble imiter la tache que la faute d'Adam imprima sur toute sa race.

— Il y a entre les points de ta comparaison toute la distance qui sépare l'infiniment petit de l'infiniment grand. Le crime d'Adam était commis envers l'Être sans bornes, et l'expiation, en embrassant même toute sa postérité, reste encore dans les proportions du fini à l'infini. Mais, ici, tout est égal, entre l'offenseur et l'offensé; le rapport est d'homme à homme, et, comme a dit le poète espagnol :

Todo se paga con la vida (1).

— Mais ce préjugé, s'il faut l'appeler de ce nom, est une garantie nouvelle pour

(1) Tout se paie avec la vie (ARAUCANA).

la société. Un homme peut ne pas être
arrêté sur les bords du crime par la crainte
de la mort et par la pensée d'un opprobre,
dont il n'aura pas le sentiment dans la
tombe; mais l'idée qu'il imprime à toute
sa famille une tache ineffaçable peut être
souvent un frein salutaire.

— La loi qui déclarait confisqués au
profit de l'État les biens d'un condamné à
mort ne te semble-t-elle pas souveraine-
ment injuste? et n'est-ce pas, dis-moi,
parce qu'elle étendait la punition d'un
coupable sur une famille innocente?

— Oui : mais je ne vois aucune parité
à établir...

— Tu vas le voir... Vous confisquez au
profit d'un préjugé l'honneur d'une famille, et vous enveloppez ainsi des inno-
cents par tout ce qu'ils ont de plus précieux dans le châtiment du coupable...

— Enfin, dit Théophile avec dépit, car

il voyait son dernier bastion enlevé à la pointe du raisonnement, tu épouserais donc la fille d'un guillotiné?

— Pourquoi non? repartit Léonce.

— Ah!.. fi donc! s'écria Cécile.... je ne voudrais pas être mariée au fils d'un guillotiné... Non certainement, pour tout l'or du monde...!

— Sans doute; s'il n'y avait que de l'or qui sollicitât pour lui votre jolie main, dit Léonce : mais si ce fils malheureux était distingué par une grande beauté morale, la noblesse de l'âme, une intelligence supérieure...

— N'importe, répliqua Cécile; et si j'avais le malheur d'être la fille d'un supplicié, je sens, là... dans moi... une répulsion involontaire... Ce n'est peut-être pas un sentiment conforme à la raison ;... mais je ne pourrais voir sans mépris un homme

unir la réputation sans tache de sa famille
au déshonneur de la mienne.

— Taisez-vous ! s'écria tout à coup Euphémie ; vous ne savez ce que vous dites-là !

— Ma sœur, dit Cécile avec timidité,
car elle était habituée à respecter Euphémie comme sa mère... je ne vois pas que
j'aie dit rien qui soit....

— Et si... interrompit l'autre ; et, saisis-
sant une raquette et son volant, Euphémie
si réservée, Euphémie si digne dans toutes
ses actions, se mit à chasser le volant avec
une sorte de fureur, à suivre ses écarts à
travers la petite société avec des élans con-
vulsifs, impétueux, désordonnés; et se prit
à chanter une folle chanson, tandis que la
gaieté de l'air et des paroles jurait avec
l'expression triste et consternée de son visage, comme le sourire qu'elle cherchait à
mettre sur ses lèvres contrastait avec les
larmes qu'elle avait peine à contenir dans

ses yeux, et qui finirent par couler abon-
damment sur ses pâles joues. Alors elle jeta
sa raquette avec dépit et s'assit ou plutôt
se laissa tomber sur le gazon, la tête incli-
née sur ses genoux et cachée dans ses mains.

— Ma sœur!... elle se trouve mal!... ma
sœur!... oh! ma sœur, qu'avez-vous? s'écria
Cécile tout éplorée.

Et tout le monde, se levant avec elle,
s'approcha d'Euphémie avec le plus vif intérêt. Mais elle, qui avait eu le temps de se
recueillir et d'opérer une puissante réac-
tion sur elle-même, releva sa tête, et s'ef-
forçant de rire:

— Avouez que je suis une enfant!

— Enfant? répéta sa jeune sœur.

— Oui; je me suis frappée à la tempe
avec ma raquette et j'en ai pleuré comme
une enfant.

A ces mots elle se leva, passa tendrement son bras au cou de Cécile, lui donna

un baiser et proposa le jeu de barres afin
de faire suivre un nouveau cours aux
idées.

Euphémie et Cécile Digard, ces deux
sœurs orphelines dès leur âge le plus
tendre, n'avaient jamais été réclamées par
un allié ou un ami de leur famille, mais
Dieu fit trouver à ces pauvres filles un
digne prêtre dont la bienfaisance les
adopta, veilla sur leur éducation, proté-
gea leur innocence et même acheta pour
elles, de sa bourse, un assortiment de
lingerie qu'elles avaient continué dans la
rue Dauphine. Leurs jeunes compagnons,
Léonce Bougival et Théophile Delande,
étaient, celui-ci un peintre en miniature,
celui-là un avocat stagiaire, sans famille,
sans fortune et même, ce qui est rare
dans cette profession, sans aucune pré-
tention ambitieuse : Léonce, vif et enjoué;
Théophile, d'une humeur tendre et mé-

lancolique, assortie au caractère aimant
et rêveur d'Euphémie. Malheureusement,
comme on n'est pas maître de choisir ses
prédilections, ils se trouvaient tous les
deux possédés par une égale passion pour
la plus jeune des deux sœurs. Le lendemain de la promenade à Versailles, Euphémie et l'abbé eurent un long entretien
où madame Yvonnet, la mère adoptée des
jeunes filles, ne fut pas même admise en
tiers, et dans cette mystérieuse conférence
à huis clos fut arrêté le mariage de Léonce
avec Cécile. Son cœur était d'accord avec
eux dans cette préférence, mais son inclination n'en avait pas été la cause détermi-
nante. Il y avait un secret, un terrible
secret dans la famille : Théophile l'ignorait comme Léonce, et Cécile comme tous
les deux. Euphémie désirait l'en instruire
avec son amant, et la suite des choses
prouva combien l'on aurait eu raison

L'abbé pensa que c'était inutile : « Vous
avez entendu Léonce hier, dit-il, vous
êtes sûre de son opinion ; il s'est expliqué
sur le préjugé d'une manière assez claire
et surtout complète : ainsi... » On choisit
pour le mariage un jour du mois suivant.
L'abbé prit sur lui tout le soin des affaires ; il
recueillit seul les pièces nécessaires, il fit seul
afficher aux deux mairies et seul publier
aux deux paroisses les bans de nos fiancés.

La préférence donnée à son rival n'a-
vait rien diminué de l'amitié que Delande
avait toujours sentie pour Léonce. Celui-ci,
dans les trente ou quarante volumes de sa
petite bibliothèque, possédait un tome
dépareillé et broché de la *Gazette des Tribunaux;* il en avait déjà même enlevé plusieurs fois des lambeaux pour se faire des
cigarettes.

— C'est bien singulier ! se dit un jour
Théophile en feuilletant un volume;.. du

1ᵉʳ mai au 31 août 1823!... ce fut l'année
même!... et c'est dans l'un de ces mois....!

— Quoi, dit Léonce?

Théophile regarda son ami, comme s'il
avait à dire quelque chose qu'il n'osait
dire, et se tut. Bougival fut détourné de
sa question par une autre idée et n'y pensa
plus. Son ami lut ou fit semblant de lire
dans ces gazettes qu'il feuilletait en cau-
sant avec Léonce, et laissa le volume tout
grand ouvert sur la table. Il y resta ainsi
le lendemain, le jour suivant et le jour
qui vint après celui-ci; Léonce, avec toute
l'insouciance et la paresse d'un garçon
dans son ménage, n'avait pas même pris
la peine de fermer son livre et posait dessus alternativement ou tout ensemble son
flambeau, sa cuvette ou son chapeau.

Un jour qu'il était revenu de la rue
Dauphine, l'imagination échauffée et le
cœur ému, il sentit qu'il ne dormirait pas;

il se mit donc à se promener dans sa chambre; il alluma une cigarette et vint s'asseoir devant sa table. Là, il parcourut
d'un œil distrait les deux pages du tome
ouvert à l'endroit même où son ami l'avait
laissé,.. peut-être non sans dessein. Il n'y
avait rien de fort remarquable, si ce n'est
l'exécution à mort d'un nommé Julien
Berthaud. Il se coucha, dormit, rêva du
supplicié et ne se souvint plus du songe
au réveil.

Le surlendemain, comme on était con-
venu que, la veille du mariage, on se quit-
terait de bonne heure, «car on ne pourrait
lui tenir société, il dérangerait, il serait
dérangé; on aurait tant de choses à faire
dans un tel jour!» Léonce, rentré chez lui
à huit heures et accoutumé à se coucher
tard, ne sachant comment remplir ce vide,
passa la revue de sa toilette, monta sa
flûte, tailla un crayon, mais tout l'en-

nuyait; il prit sur la cheminée son volume de gazettes, le jeta en bâillant sur la
table et s'assit comme pour lire, sa tête
appuyée sur une main. Son livre s'était
justement ouvert à la catastrophe de Julien Berthaud. Il passa à quarante pages
plus loin vers la fin, et lut quelques lignes;
de là, il sauta vers le commencement du
volume et rencontra de nouveau Julien
Berthaud en passant. Il parcourut une
colonne, retourna vers les dernières pages,
et Julien Berthaud reparut encore dans la
traversée; enfin, soit qu'il aille à gauche,
soit qu'il vienne à droite à travers son livre,
Julien Berthaud est ramené toujours à ses
yeux par une sorte de fatalité, ou plutôt
parce que ce volume, resté si long-temps
ouvert et souvent pressé par un poids,
avait contracté un pli ou une forte flexion
et même une cassure à l'endroit où la
guillotine de Berthaud semblait imprimée

à tout jamais. Enfin, il se coucha et dormit
de ce sommeil dont un amant dort la
veille de ses noces.

Ici, le bon chanoine sentit la première
atteinte d'une toux légère, symptôme
d'une poitrine dont la parole trop long-
temps soutenue commence à dessécher la
membrane, et il pria la comtesse de lui
faire donner un peu d'eau sucrée. Tandis
qu'une femme de chambre la prépare et
qu'elle écrase avec une cuiller de vermeil
contre la paroi du verre le sucre imbibé
et dont le frais dissolvant sépare les molé-
cules, nous avons le temps, si mon lecteur
le permet, de nous esquiver un moment
du salon pour nous glisser furtivement
sous les courtines des fiancés.

Le soir qui termine la veille d'un mariage doit être un moment plein d'une
ravissante poésie, lorsque l'époux de demain a noué sur ses cheveux roulés son

foulard de soie, et, soufflant sa bougie,
veut étouffer dans son oreiller de plume
les dix mortelles heures qui restent à
compter jusqu'à l'instant où le prêtre,
vêtu du blanc surplis, et le maire, ceint de
l'écharpe aux trois couleurs, diront : « Il
est à vous; vous êtes à lui. » Mais le sang
bout dans ses veines, son cœur déborde,
sa tête est trop pleine, il fouille dans tous
les coins de sa couche, sans trouver le
sommeil. Alors les séduisantes nudités,
dont la statuaire et la peinture ont jamais
fasciné son regard enflammé; les situa-
tions voluptueuses de la scène et des ro-
mans, les épisodes galants de sa jeunesse
amoureuse viennent un à un se glisser autour de lui, poser sur son front brûlant,
se modeler, se grouper dans mille triom-
phantes attitudes, et livrer aux rêves de la
fièvre sa belle fiancée dans un délirant
abandon. Son imagination s'élance et s'en-

lace au torse à peine voilé d'une gaze
transparente..... Mais sa pudeur se débat
contre l'impulsion qui l'entraine : ce qu'il
aime est si pur! il est si noble d'aimer avec
chasteté! il a si peur de profaner dans sa
pensée la mère de sa jeune famille! et le voilà
qui se fatigue à remettre un par un tous ces
voiles que son imagination écarte avec la
main impatiente du satyre. Le sommeil
vient à la fin dans ses yeux ; et les sens de
briser aussitôt les chaînes que leur avait
données sa volonté puissante... et voici des
rêves suaves, une harmonie céleste, une
fée, une sylphide, une houris aux blanches épaules, une ange, Cécile en bac-
chante... Oh! quel baiser de flamme!...
Il se lève en sursaut, éveillé par un rayon
de soleil qui ruisselle sur sa paupière ; il
rougit des bacchanales du sommeil, il a
honte des orgies du songe... Deux heures
encore, et un bras de femme va s'appuyer

sur le sien pour la vie : ils vont être deux
à soutenir la destinée, fardeau noble, doux,
léger, porté le front haut et le regard as-
suré.

De son côté, à la même heure, Cécile
s'était retirée dans sa chambre. Elle s'approcha de sa glace et consulta son joli visage sur le triomphe que lui promettait la
toilette élégante du lendemain. Puis elle
appuya son coude sur le manteau de la
cheminée et son front sur sa main ;.. et
rêva... Elle était donc arrivée sur l'extrême
limite qui sépare la virginité du mariage!.. Demain, par quelle parole enchantée, par quel magique attouchement
serait-elle changée de jeune fille en jeune
femme?.. Elle avait lu, elle avait entendu
ces quatre mots : *Les mystères du mariage!*
Sa curiosité innocente osa même une minute, une seconde, un seul instant, essayer
de soulever ce voile, mais elle ne vit des-

sous que des objets vagues, confus, indis-
tincts, insaisissables. Ensuite, elle s'égara
avec mélancolie sur les gazons fleuris de sa
limpide virginité et regretta de franchir ce
pont qui allait s'écrouler à jamais derrière
elle ; car, quelque délicieux que soit le ra-
mage des jours sur les rives du présent,
ce n'est pas sans tristesse qu'on voit sur
l'autre bord s'envoler de si douces années
dans un passé sans retour ; ces années qui
nous sont d'autant plus chères, qu'elles
ont ri de notre rire et pleuré de nos larmes, écouté nos fraîches confidences et
caché nos jeunes secrets sous leurs ailes
si rapides.... Elle s'endormit, et le souffle
des songes poussa dans l'atmosphère du
sommeil et balança des images sans nom
pour elle, des sons sans expression dans
son langage, des attouchements ineffa-
bles, des senteurs indicibles, des saveurs
inénarrables, d'où lui arrivait par les cinq

voies de son âme une sensation unique de
volupté et d'amour... Elle s'éveilla et frémit, car elle sentit qu'à la vue de Léonce
elle rougirait et baisserait les yeux... Elle
passa à son joli pied une mule de cachemire, elle jeta sur ses épaules un peignoir
ouaté, et, s'agenouillant sur un prie-Dieu,
elle pensa avec délices qu'elle était arrivée
au jour solennel, et qu'il était un nouveau
nom qu'elle pouvait maintenant dire à
Dieu et mêler dans sa prière avec les noms
de sa famille : « Mon Dieu ! daignez ré-
pandre vos saintes bénédictions sur mon
père et sur ma mère qui ne sont plus, sur
ma sœur, sur Léonce et sur moi, qui ha-
bitons encore cette vallée d'exil ! »

Ce fut donc après avoir parcouru le
cercle de toutes ces sensations et de toutes
ces idées, que nos jeunes amants s'étaient
réveillés par un de ces soleils brillants et
froids d'octobre qui commencent avec un

éclat sans chaleur une journée qui doit continuer et finir avec un ciel nébuleux et la pluie.

Après que le vénérable chanoine se fut humecté à petites gorgées et rafraîchi les organes de la parole, il toussa et reprit sa narration à peu près comme il suit :

—De bon matin, Léonce, enveloppé dans sa robe de chambre, attendait son coiffeur avec impatience.

— Ah! vous voilà donc enfin!.. vous êtes en retard de vingt minutes!

—En avance de cinq, s'il vous plaît!... voyez ma montre!

— Comme si je ne savais pas que c'est une servante bien apprise, qui dit tout ce que veut son maître, à la toucher seulement avec le bout du doigt!

L'arrivant chauffa ses fers au feu, démêla artistement les cheveux blonds du jeune homme et les divisa par mèches sur ses belles tempes.

— Avez-vous du papier pour les papillotes? demanda le coiffeur.

Léonce prit sur la table son volume de gazettes et le jeta sur la toilette.

— Prenez là-dedans... où vous voudrez!... je n'y tiens pas.

L'artiste ouvrit ce volume au hasard et déchira une page qui vint comme d'elle-même se mettre sous sa main. Il tailla ce feuillet en papillotes et pria Léonce de les tenir afin de n'avoir pas si loin pour les aller prendre à mesure qu'il en aurait besoin. Celui-ci, baissant la tête sous la main du coiffeur, poussa un cri de surprise, car il venait encore de rencontrer dans une des papillotes l'inévitable rubrique sur l'agonie de Julien Berthaud.

— Encore! l'exécution de ce Berthaud!

Voilà plus de vingt fois qu'elle s'obstine à revenir sous mes yeux... Enfin, la page est déchirée! tant mieux! j'en aurai fini, j'espère, avec la tête de monsieur Berthaud.

— Une exécution, dit le coiffeur! c'est fort amusant... à lire!

— Amusez-vous-en pour moi! car je ne trouve rien de gai dans des histoires comme celle-ci.

Et Léonce lut tout haut :

—« On écrit d'Auxerre, sous la date du 10 mai :

— « Aujourd'hui, à midi, l'arrêt qui condamnait à la peine de mort Julien Berthaud, a été exécuté sur la place des Fontaines... Il entendit sans aucun signe de faiblesse le rejet de son pourvoi en cassation... Une nourrice lui amena ses deux filles, dont l'une a cinq ans et l'autre est à peine âgée de onze mois : sa naissance

a coûté la vie à sa mère. Comme la nourrice demandait à voir Julien Berthaud :

— « On fait sa *toilette*, répondit un guichetier.

»L'ironie brutale de cette réponse reçut
aussitôt du geôlier les reproches qu'elle
méritait. Mais l'aînée des enfants, abusée
par ce mot, entra dans un de ces petits
jardins d'une demi-toise carrée que les
prisonniers s'amusent à cultiver dans leur
cour, et demanda la permission de cueillir
une rose pour la toilette de son père. Tant
de candeur et d'innocence, mêlé à la naïve
ignorance d'une si grande infortune, at-
tendrit tous les assistants et fit pleurer
même le guichetier... Dans ce moment le
bourreau attachait les mains au condamné ; Berthaud le pria de les lui délier, soit
amour, soit fierté paternelle, soit l'un et
l'autre, ne voulant pas affliger ses enfants
ni les humilier en se présentant à leurs

yeux dans le dégradant costume d'un pa-
tient. La petite Euphémie courut embras-
ser son père et lui offrit sa rose; une larme
coula des yeux de Berthaud, soit tendresse,
soit désespoir, par le contraste de sa situation avec la nature du présent.

— « Papa, dit Euphémie, on te fait la
toilette, où vas-tu donc?

» Cette réponse de l'enfant embarrassa
son père, il garda un instant le silence et
dit : Je vais rejoindre ta mère.

— »Et tu nous la ramèneras avec toi?

— Non! nous attendrons ensemble que
vous veniez nous retrouver.

» A ces mots, l'enfant, dont l'intelligence
est précoce, demeura à son tour dans le
silence, rêveuse, le regard fixé à terre, et,
comme si elle entrevoyait quelque chose
de la vérité dans le vague de ses pensées,
elle levait de temps en temps ses beaux
yeux vers son père avec une expression de

physionomie incertaine entre une larme
et un sourire. »

Pendant ce temps même où Léonce lisait
ainsi et relisait au coiffeur, qui s'admirait
dans son art, cet article d'un vieux journal,
Euphémie s'occupait à parer sa sœur avec
une mélancolie, qui ressemblait à des pressentiments.

— Et toi, quand me donneras-tu le
plaisir, lui dit Cécile en riant, de présider
à ta toilette de mariée?

Euphémie hocha tristement la tête.

— Pourquoi ne veux-tu pas te marier?
Pourquoi me conseillais-tu de rester
fille? Pourquoi avons-nous toujours vécu
dans un triste isolement des jeunes filles
de notre âge? Pourquoi...

L'arrivée de Léonce, qui entra tout
rayonnant de bonheur, dispensa Euphémie de répondre à ces questions embar-
rassantes. Elle avait désiré que le mariage
fût célébré sans éclat en présence des qua-

tre témoins seulement : le propriétaire de
la maison et l'abbé Sérange pour Cécile, Delande et un ami commun pour
Léonce.

Madame Yvonnet, retenue par sa goutte,
ne put accompagner sa fille adoptive et
demeura seule, à son grand déplaisir, dans
la maison, où d'ailleurs elle avait diffé-
rentes choses à préparer.

Le fiancé, portant haut la tête, monta
l'escalier de la mairie, et traversa les salles,
heureux et fier des murmures admira-
teurs que la rare beauté de Cécile soule-
vait sur son passage. Le maire prit le
registre des publications de bans et lut
que ces formalités avaient été observées
pour les promesses de mariage entre
Léonce Bougival et Cécile Berthaud.

— Cécile Digard ! interrompit vivement Léonce, étonné de cette fatalité qui
ramenait sans cesse devant lui un nom

inévitable de tous les côtés et de toutes les
manières.

— Tous les actes portent *Berthaud*, répondit le secrétaire avec une inflexion de
voix dédaigneuse.

Le maire continua :

— » Fille mineure de Julien Berthaud,
horloger à Sens, département de l'Yonne,
et d'Angélique Digard , sa légitime
épouse... »

— Fille de Julien Berthaud ! se disait
Léonce frissonnant d'effroi... Elle avait
donc quitté le nom de son père!.. Qu'a-
t-elle voulu cacher sous le nom de sa
mère?

Une affreuse lumière éclaira son esprit, une pâleur livide couvrit son visage,
ses genoux fléchirent ; mais quand le
maire eut passé à l'acte mortuaire de
Julien Berthaud , né à Sens, et mort
à Auxerre.... et quel jour?... le 10 mai

1823! il tomba, comme frappé de la foudre, sur une chaise placée derrière lui. Euphémie et l'abbé Sérange échangeaient l'un avec l'autre des regards mêlés de tristesse et d'inquiétude; mais Cécile écoutait avec sécurité, et, tout occupée de ce qu'il y avait de solennel dans la consécration du mariage, ce nom de Julien Berthaud, qu'elle avait entendu venir tant de fois sur la bouche de madame Yvonnet dans le triste récit de ses infortunes, lui fit à peine une légère impression sur l'organe et ne rappela rien à son esprit. Enfin le maire demanda au jeune homme, « s'il prenait pour sa femme et légitime épouse Cécile Berthaud, ici présente. » Léonce garda le silence; — cette demande renouvelée n'eut pas encore de réponse.

Mais le jugement de Julien Berthaud avait eu un fatal retentissement. Toute la France s'en était occupée avec la même

10.

curiosité qu'elle mit avant aux débats sur
l'assassinat de Fualdès et qu'elle apporta
depuis au procès de Marie Capelle. Le
nom de Berthaud circulait dans la salle :
— « Serait-ce par hasard ses enfants? —
En effet, il avait deux filles, qui doivent
être de cet âge! — Qu'avait-il fait? —...
assassiné! — Et il a été?—... guillotiné! »
De son côté, Bougival, qui, l'autre jour,
discutant contre Delande, avait contemplé
en bas le préjugé du haut de sa raison ;
Bougival n'osait maintenant fixer un regard sur le fantôme qui haussé sur les
épaules du monde semblait regarder le
timide esprit fort avec les yeux fixes de
la foule pressée autour de lui.

Le maire se tourna vers le jeune homme
et observa qu'il devait écouter debout la for-
mule, qu'il répéta pour la troisième fois.
Léonce se leva machinalement, mais sa
bouche semblait paralysée. Le magistrat

fit un geste d'impatience et une subite expression d'humeur couvrit son visage : le
secrétaire s'approcha, lui parla tout bas à
l'oreille ; la voix du maire devint alors en-
courageante, et il réitéra les paroles sacramentelles, qu'il accompagna d'un regard
plein de compatissance. Ce fut un aiguil-
lon qui pénétra au cœur du malheureux
et le réveilla : il poussa un cri.

— Julien Berthaud! nom maudit!...
Oh !.. écrit avec du sang dans la *Gazette
des Tribunaux* !

Il s'avança vers la porte, délirant,
hors de lui-même, chancelant comme un
homme ivre, regardant tout sans rien voir
et repoussant avec colère l'abbé Sérange,
qui essayait de ramener en lui du calme
et du courage.

Maintenant Cécile avait compris. Le
désespoir lui arracha un cri : « Léonce! »
Elle jeta sur lui un regard suppliant et

désolé. A cette voix douloureuse, il s'arrêta
sur le seuil de la porte, se tourna vers sa
fiancée pâle et frémissante, parut un instant combattre avec lui-même, se couvrit
la face avec ses mains,... et s'enfuit. Cécile
attacha sur la terre un œil morne et soupira : « Il s'en va donc ! » Un frissonne-
ment de fièvre courut dans tous ses membres, et, le moral se détraquant chez elle
aussi promptement que le physique, elle
tomba dans un délire accompagné d'un
rire nerveux et convulsif.

— Il s'en va, dit-elle encore une fois !..
Avez-vous vu comme il fuyait ? Ah ! ah !
ah !.. courrait bien qui pourrait l'attraper !
ah ! ah ! ah ! ah !.. Croyez-vous qu'il re-
vienne ? Attendez !... hi ! hi ! hi !.. Atten-
dez-le sous l'orme ! ah ! ah ! ah !.. Fille à
marier ! qui en veut ? Ah ! ah !.. Mais non !..
je suis mariée ?.. Avec qui ?.. ah ! ah ! ah !
a-a-avec le nom de mon père ! hi ! hi ! hi ! hi !

— Quel rire singulier, dit le maire; est-ce douleur? est-ce impudence?.. Passons à une autre!.. Huissier! faites approcher.

Une brillante mariée passa devant Cécile, et, la regardant avec un sourire dédaigneux, dit à demi haut :

— Concevez-vous qu'on cherche à se marier quand on a sur soi une tache de sang!

— Croit-elle n'en pas avoir sur elle, murmura Delande indigné, parce que son père, enrichi avec deux banqueroutes, a doré la sienne!

La malheureuse, toujours agitée par son délire et son rire saccadant, s'écria :

— Mariez-vous, vous ferez bien! ah! ah!ah! Ne vous mariez pas, vous ferez encore mieux! ah! ah! ah! ah!

— Voyez donc quelle effronterie! dit à demi-voix dans son élégant cortége la fille

orgueilleuse du banqueroutier; elle se fait
un jeu de sa honte! elle en rit !

— Ah, mademoiselle, dit l'huissier tout
ému, ce rire me fait plus de mal que des
sanglots !

— Allez-vous-en , les gens de la noce!
hi! hi! hi! Allez vous-en chacun chez vous!
hi! hi! hi! hi!

Ici, la jeune fille, incapable de supporter davantage le désordre de son corps et
de son âme, tomba par terre comme une
masse. Un cri s'éleva dans toute l'assem-
blée. Delande, les yeux noyés de larmes,
prit Cécile dans ses bras et l'emporta.
Toutes les salles et les bureaux se vidè-
rent à l'instant derrière lui. La sensibilité
de quelques-uns, la curiosité de tous, ex-
citées par cette péripétie du drame, entraî-
nèrent tout le monde sur les pas du jeune
homme ; la foule débordée comme un
torrent devança sa marche ralentie par

son fardeau, et l'enveloppa au milieu de l'escalier dans un cercle bruyant et serré au point qu'il ne pouvait ni avancer, ni reculer. Euphémie, en dehors du tourbillon, s'efforçait inutilement de le rompre et d'entrer dans la presse afin de secourir sa sœur évanouie sur les bras de Delande, qui, d'une voix suppliante, conjurait la curiosité inexorable.

— Par pitié, messieurs! écartez-vous un peu!... vous lui faites mal.... Un peu d'air, je vous en prie!

Et le propriétaire Dunand criait avec sa voie brusque et sonore :

— Laissez passer!... que diable!.. vous allez l'étouffer!

Les arrivants s'aggloméraient autour de la foule attroupée et demandaient :

— Qu'y a-t-il? — Qu'est-ce que c'est?

— C'est une jeune mariée évanouie!

— Parbleu ! cela se voit assez! Mais pourquoi?

Les témoins des premières scènes racontaient, et les nouveaux spectateurs disaient :

— Cela n'empêche pas que c'est une fille charmante!

— Puisque l'autre n'en veut pas, répondait celui-ci en ricanant, il ne tient qu'à vous de la prendre!

— Pour maîtresse, volontiers! répliquait celui-là; pour femme, merci!

Enfin Dunand, lassé de voir ses prières, ses instances, ses menaces inutiles, eut recours à sa taille gigantesque et à sa vigueur athlétique, il jura, ferma les poings, enfonça la presse et ouvrit un passage à Delande, qui emboîtant son pas dans celui du propriétaire, et collé pour ainsi dire contre lui, atteignit enfin la voiture avec son cher fardeau.

Dunand commanda au cocher de pousser les chevaux à grands coups de fouet, et la foule des curieux qui couraient derrière perdit enfin de vue la calèche de louage emportée au galop.

Les malheureuses filles n'avaient pas épuisé tout le calice, il restait encore de la lie au fond du vase. Madame Yvonnet les attendait avec impatience. On sonne : elle ouvre ; elle voit quatre visages consternés ; mais le spectacle qui frappe le plus douloureusement ses regards, c'est Cécile, sa toilette en désordre, pâle, défaillante et soutenue ou plutôt portée entre Euphémie et Delande.

— O mon Dieu, s'écria-t-elle, en quel état vous revois-je, Cécile!.. Que vous est-il arrivé?.. et Léonce?.. où est Léonce? Pourquoi n'est-il point avec vous?.. Quel accident, bonté du ciel! l'empêche d'accompagner sa femme?

— Rassurez-vous, ma mère, répondit
Euphémie ; M. Léonce vit, mais Cécile
n'est pas mariée... Ah! il s'est passé de
bien tristes choses!.. Vous saurez tout, il
n'est plus temps de vous rien cacher...
Mais, vous le voyez! il faut, dans ce moment, à ma pauvre sœur, des soins, des
consolations, du calme surtout!

Et, se retournant vers les deux témoins,
elle continua d'une voix à demi sanglotante:

— Messieurs, veuillez ajouter à vos
bontés pour nous celle de faire aux personnes invitées les honneurs du repas
commandé chez Deffieux, et de leur annoncer la rupture du mariage, avec les
ménagements que la prudence... Hélas!
en est-il besoin, quand un malheur eut
tant d'oreilles et tant d'yeux pour témoins?

L'un et l'autre salua tristement et se retira sans avoir prononcé une seule parole.
Euphémie fit asseoir Cécile dans un fau-

teuil, se mit auprès d'elle sur un tabouret
et essaya quelques mots consolants. Madame Yvonnet restait comme pétrifiée au
milieu de la chambre, quand elle fut tirée
de sa rêverie par un coup de sonnette.
C'était le jeune cocher de la calèche.

— Madame Berthaud? demanda-t-il
avec timidité.

— Je ne connais personne ici qui porte
ce nom, répondit la bonne vieille... J'en
ai connu une autrefois... hélas!.. pour
mon grand malheur!

— Aux yeux des hommes sages, madame, chacun ne doit rougir que de ses
propres fautes, repartit le jeune homme,
persuadé que les dernières paroles de la
vieille dame étaient une réponse directe
aux choses que lui seul avait dans l'esprit.
Quand vous l'avez épousé, vous ne pou-
viez savoir qu'il dût finir si honteusement.

Dieu ne nous a pas doués de sa prescience,
madame Berthaud.

— Je ne m'appelle pas Berthaud, dit
avec chagrin madame Yvonnet, à qui ce
nom rappelait de bien tristes souvenirs.

— Pardon, madame! j'oubliais que vous
avez changé... Au reste, c'est comme moi...
Papavoine est mon vrai nom ; mais je me
fais appeler Vaubois par les mêmes motifs.

— Quels motifs, monsieur?

— Par le motif que personne n'a jamais
été maître de choisir les parents de qui il
eût mieux aimé naître... Par le motif que
si le père de mademoiselle est mort... ex-
cusez!.. je ne sais comment dire!.. sous le
glaive de la loi, j'ai la même dot à lui offrir... Ah, madame! quel triste héritage à
recueillir que l'infamie d'un père! Heureusement, Dieu n'a pas les préjugés des
hommes : il a béni ma bonne conduite ;

et, grâce à tous deux, j'ai sur le pavé de
Paris un fiacre, deux cabriolets et cette calèche qui sera cause, peut-être, aujour-
d'hui de mon bonheur... Car, cette vie
sans famille m'obsédait, cet isolement de
mon cœur me pesait!... Fils d'un homme
flétri, à quelle jeune fille pouvais-je offrir
de partager avec moi la honte que le préjugé attache aux enfants d'un supplicié!
Aussi, tout à l'heure, quand j'ai vu refuser
la main de mademoiselle par la même
cause qui eût fait repousser l'offre de la
mienne, voulez-vous savoir ce que j'ai
pensé... Eh bien!... j'ai osé me dire: « Voici
la femme que Dieu t'a choisie! c'est lui-
même qui inspira à ce Léonce la pensée de
louer ta calèche, afin de te faire connaître
ton épouse dans la fiancée d'un autre; et
d'unir dans vos deux conditions, si tristement assorties, le fils de Papavoine à la
fille de Julien Berthaud! »

— Julien Berthaud!.. Quoi!.. Sont-elles
ses filles?

— Vous le savez mieux que moi, répondit ingénument le jeune homme, si
vous êtes leur mère?

— Elle ne l'est pas! s'écria Euphémie.
Hélas! quelles choses dites-vous, monsieur!
Elle n'est pas encore préparée à les en-
tendre.

Dans ce moment, la voix sonore du
propriétaire Dunand monta dans l'escalier:

— Cocher, que faites-vous donc là-
haut?.. tonnerre de Dieu!.. ce n'est pas le
temps de causer quand on a des affaires!..

Le fils de Papavoine sentit, à la réponse
d'Euphémie, qu'il avait commis une indiscrétion, il balbutia quelques excuses
obscures, timides, embarrassées, salua
et sortit en se promettant bien de revenir;
car la beauté de Cécile et la sympathie

pour une infortune qui lui était commune
avec l'innocente jeune fille avaient profondément pénétré dans son âme.

— Julien Berthaud! dit la vieille Yvonnet;.. l'homme qui a tué mon fils?..

Elle s'arrêta sur ces mots poignants,
mais sa question ne reçut aucune réponse.

— Et vous êtes donc ses deux filles?...
Cécile se cacha le visage avec ses mains
et Euphémie baissa les yeux vers la terre.
Il se fit un silence morne, prolongé, plein
d'angoisses; mais une larme coulait avec
lenteur sur les joues ridées de la vieille
Yvonnet, et l'on voyait à ses lèvres tremblantes, à ses gestes saccadés, à ses mots
entrecoupés, mais bégayés à voix basse,
qu'elle souffrait une lutte intérieure, et
que ses sentiments, se froissant l'un
l'autre, se livraient en elle-même un violent combat. A la fin elle se leva; elle prit

un mouchoir, le déplia, l'étendit par terre,
et se mit à y rassembler ses hardes.

— Que faites-vous? lui dit Euphémie;
que faites-vous là, ma mère?

— N'appelez plus votre mère... la
femme... dont votre père... — et elle
murmura entre ses dents : fut l'assassin
du fils.

— Madame, que vous me faites de
mal!.. Mais, au nom du ciel! que préten-
dez-vous?

— Vous le voyez, Euphémie!.. quitter
cette maison : la mère de mon fils ne peut
habiter sous le même toit avec les filles
de votre père.

— Vous! nous quitter!... Vous infirme!... Vous liée par toutes les chaînes
de la goutte..!

— Euphémie, mon bras peut encore
se tendre et ma main s'ouvrir à l'aumône
du passant. D'ailleurs, ici ou dans la rue,

n'est-ce pas la charité qui soutient ma vie!

— Pouvez-vous bien le penser... ma mè.., madame, veux-je dire?.. Ici, c'est une... dette... sacrée;.. ce serait celle de la nature, qu'elle ne serait pas acquittée avec plus de plaisir.

— Je le sais, Euphémie! et c'est pour cela que je veux quitter cette maison : je n'ose vous haïr et je crains de vous aimer.

Madame Yvonnet avait eu de la fortune, mais son mari l'avait dissipée. Restée veuve, elle n'avait eu d'autre espérance dans la vie que son fils et une créance fort litigieuse, de vingt mille francs. Son procès fut gagné; mais après tant d'appels et de réappels, de consultations, de mémoires, de plaidoiries, de procédures et de voyages, que cette modique somme, où tant de monde préleva sa grasse part, fut réduite à six ou huit mille francs. Quoique le jeune Yvonnet,

11.

son fils, n'eût pas fait un mystère qu'il allait toucher cet argent chez le notaire de Villeneuve-l'Archevêque, il revenait un jour en pleine sécurité à Sens, où sa mère habitait avec lui. Il était nuit : il passait dans un chemin creux, quand un homme embusqué dans l'épaisseur d'un buisson, lui tira d'en haut un coup de fusil et le jeta à bas de son cheval. Le malheureux essaya de se relever; mais l'assassin fondit sur sa victime, l'acheva froidement à coups de crosse, enleva son portefeuille et s'enfuit. Deux ans il put se flatter qu'il avait échappé à l'œil des hommes : enfin les menaces d'une concubine maltraitée, les indiscrétions dérobées à l'ivresse, une dépense dont la source n'était pas connue, amenèrent les investigations de la justice sur les traces d'un individu assez mal famé, dont l'inconduite abandonnait ses deux très-petites filles, orphelines de leur

mère, en proie aux plus désolantes priva-
tions. C'était Julien Berthaud; arrêté et convaincu, il avait payé son crime avec sa tête.

Mais il avait eu le bonheur d'être assisté
dans sa triste agonie par un jeune prêtre,
d'une âme aussi compatissante qu'elle est
pieuse: c'était l'abbé Sérange. Il fit transpor-
ter les petites orphelines de Sens au chef-
lieu du département; il accepta leur tutelle,
il veilla de lui-même à leur éducation, et
prit soin qu'on les appelât Euphémie et
Cécile Digard (c'était le nom de leur mère),
afin d'écarter d'elles l'opprobre du nom
paternel. L'aînée porta seule au fond de
son cœur la douleur attachée au secret de
sa famille, et, tout enfant qu'elle était, Euphémie sut déjà s'observer afin de ne laisser entrevoir à sa sœur cadette rien qui
pût la troubler dans sa joie d'être au
monde et son plaisir d'exister. Quand elle
eut douze ans, l'abbé conduisit à Paris sa

pupille chez une marchande lingère, aussi
bien faite pour achever son éducation que
pour lui enseigner son état. Un an après,
il recevait d'elle une lettre avec un man-
dat de cent francs sur la poste, qu'Euphémie priait son tuteur de remettre à madame
Yvonnet, indigente et vieille, comme une
rente, qu'elle recevrait chaque année d'une
main qui voulait rester inconnue, mais
qui se réservait le bonheur d'augmenter
ses dons à mesure qu'elle en trouverait
les moyens dans une condition plus favo-
rable. — C'était une année entière de ses
gages; elle n'en avait rien ôté. Qu'en
avait-elle besoin, disait-elle, puisqu'elle
était nourrie, logée et vêtue?

Elle avait dix-sept ans, lorsque sa maîtresse voulut céder son magasin. Euphémie, par son caractère sérieux et rangé,
était déjà capable de lui succéder; mais
elle n'avait pas le premier centime pour

acheter l'établissement : son généreux tuteur leva cet obstacle avec sa bourse. Une
autre difficulté s'offrait : comment expo-
ser une fille si jeune et si belle sans chape-
ron dans Paris, où les séductions pleuvent
de toutes parts. Euphémie ne vit là qu'une
occasion de réaliser le vœu le plus ardent
de son âme : elle s'était promis de consacrer toute sa vie à madame Yvonnet, de
remplacer dans le cœur de cette pauvre
mère le cher enfant que son père lui avait
enlevé et d'être en tout pour elle une fille
attentive, aimante et respectueuse. L'abbé
installa donc la mère d'Yvonnet l'assassiné
chez les filles de Berthaud l'assassin, mais
sans lui dire, afin de ménager sa répugnance et son extrême sensibilité, de quel
père étaient nées ces jeunes orphelines, si
décentes, si belles, si aimantes, qui ne
réclamaient d'elle qu'un amour de mère
en échange de leur amour de filles.

Cependant le déménagement de la
vieille goutteuse arrivait d'autant plus vite
à son terme, qu'elle semblait se faire un
délicat scrupule de n'emporter aucun
objet dont l'origine dans sa possession
fût un bienfait, un cadeau, ou même un
don insignifiant de ses filles adoptives.
Euphémie suivait d'un œil larmoyant le
gonflement trop hâté du mouchoir; et,
quand elle vit la triste veuve y serrer
le dernier de ses effets, elle essaya de
nouveau ses suppliantes remontrances :

— Où voulez-vous aller à votre âge?..
avec une telle infirmité!..

— La porte de l'hôpital n'est pas la
gueule d'un chien, dit la vieille avec un
rire imprégné de tristesse et d'amertume;
elle ne mord pas ceux qui se présentent
sur le seuil, afin d'y entrer!

— Hélas! dit Euphémie, ce n'est pas
non plus la bouche caressante, la main

empressée, les yeux attentifs d'un enfant...

— Un enfant! j'en avais un, mon Dieu! et tu sais qui m'en a privée!

— O ma mère! s'écria la jeune fille désolée, vous êtes sans pitié!... est-il généreux à vous de nous frapper quand on nous foule à terre!

— Et lui, n'était-il pas renversé d'un premier coup sur la terre, quand l'homme dont vous avez repoussé le nom vint lui porter son dernier coup!

A ces mots Euphémie éleva ses yeux et ses mains jointes vers le ciel, comme pour offrir à Dieu sa résignation à ce nouvel outrage; puis, laissant retomber ses mains sans les séparer, elle regardait avec une morne tristesse la vieille femme achever son paquet. Mais quand elle vit nouer le mouchoir, madame Yvonnet passer son bras sous le nœud, prendre sa béquille et s'acheminer vers la porte, Eu-

phémie, tout en larmes, se mit à genoux
devant elle :

— Ma mère, au nom de Dieu, grâce!...
ne nous faites pas ce mal!... rappelez-vous
ce que vous avez dit à Dieu ce matin, et ce
que vous lui direz ce soir !

— Eh! que lui ai-je dit qui m'empêche de faire ce que je fais maintenant ?

— «Pardonnez-moi mes offenses comme
je pardonne à ceux qui m'ont offensée. »

— Je n'ai rien à te pardonner; tu ne
m'as fait que du bien, toi! mais je ne puis
rester... Il me semblerait... écoute : c'est
plus fort que moi!...oui! il me semblerait,
à cette table, sentir sur ton pain le sang
caillé de mon pauvre fils.

Elle ouvrit la porte, et fit deux pas sur
le palier; mais Euphémie se jeta encore
une fois devant elle, et dit avec impatience :

— Eh bien! puisque la prière ne fait

rien sur vous, je vous somme de rester...

— Et d'où vient donc ce droit que vous prétendez? dit la vieille opiniâtre.

— De mon devoir d'acquitter la dette, que l'action de mon père nous impose envers la mère de sa victime.

— Cette dette, Euphémie Berthaud, je te la remets... et d'ailleurs le sang a payé pour le sang.

— Oh!... toujours!... toujours!.. ô ma mère! où donc est votre cœur si bon? où donc est votre tête..?

Alors la vieille, se dressant de toute sa hauteur sur sa béquille, l'interrompit et s'écria avec ce rire d'une femme qui a pris son parti avec le désespoir :

— Sur des épaules d'où n'est pas tombée celle de ton père!

A ce dernier coup, Euphémie sentit un lourd découragement lui peser sur le cœur; elle s'affaissa sur une marche de

l'escalier, et l'inflexible Yvonnet profita
de son abattement pour descendre, malgré son pied goutteux, et sortit en tâton-
nant la terre avec sa béquille et en continuant cet amer dialogue tout haut avec
elle-même.

Néanmoins le grand air, les embarras
et les distractions de la rue, la fatigue de
la marche rabattaient peu à peu cette
exaltation fiévreuse, et, quand elle se fut
traînée dans quatre ou cinq rues, elle s'arrêta et commença à se demander : « Où
vais-je? — Nulle part! —Qu'est-ce que je
possède? — Rien! — Quelle ressource
ai-je du moins pour me procurer ce que
je n'ai pas? — Aucune! » Elle se trouvait
alors devant une porte renforcée sous une
voûte cintrée et garnie à ses deux côtés
par un banc de granit. Assise dans le
fond tristement sur son petit paquet pour
éviter la fraîcheur de la pierre, elle re-

mettait d'un quart d'heure à l'autre l'instant de quémander. A la fin elle vint s'appuyer sur le bout extérieur du banc, et,
courbée sur sa canne, elle se mit à distri-
buer à tous venants ses révérences hon-
teuses et ses timides inclinations de tête.
Ceux-là passaient sans la remarquer, ceux-
ci la remarquaient sans la comprendre,
les autres la comprenaient sans répondre
au salut par l'aumône. Quand la nuit fut
arrivée, elle se sentit plus de hardiesse,
elle osa tendre la main et dire tout bas :
« Ayez compassion! » Elle recueillit huit
sous moins un liard, sur lesquels il fallait
acheter d'abord son souper et payer ensuite
son coucher dans un de ces dortoirs com-
muns où se mêlent la misère, le vagabon-
dage et la honte au milieu des propos gra-
veleux ou impies, des habitudes révoltan-
tes et des sentiments sauvages. A côté de
ce tableau hideux, elle ne put détourner sa

pensée de mettre en contraste celles que
sa tendresse avait nommées ses filles, ces
deux sœurs si pudiques, si pieuses, si
nobles dans les œuvres et dans les paroles,
si heureuses du bien qu'elles pouvaient
procurer à leur mère adoptive, si héroï-
quement dévouées à racheter le crime
de leur père. Mais ce crime avait tué ce
que son cœur avait de plus cher. A cette
idée, elle sentit de nouveau ses entrailles
de mère frissonner de douleur et d'aversion; — et la honte de paraître faible, la
crainte de sembler vaincue par la misère,
se joignant au ressentiment du forfait qui
lui avait arraché son fils, elle se disait en
pleurant : « Non! je ne veux pas retourner chez elles! j'aime mieux mourir ici de
faim et de froid! »

Enfin, le bruit des voitures s'était
amorti dans Paris, les passants devenaient
rares, on fermait çà et là les devantures

des boutiques, et les lumières s'éteignaient
dans les étages silencieux des maisons; elle
entendit quelqu'un venir à pas lents, elle
se leva, tendit la main et répéta sa for-
mule : « Ayez compassion! » Le passant
jeta un cri de surprise et de joie :

— Ah! c'est vous, madame Yvonnet!
combien ne vous avons-nous pas cher-
chée!... Hélas! dans quelle inquiétude
vous avez mis ces pauvres jeunes filles!

Cette nouvelle émut la vieille, et le plaisir que son cœur goûtait courut dans ses
veines glacées comme une douce chaleur;
mais sa résolution n'en fut pas ébranlée.

— Venez! ajouta l'abbé Sérange, car
c'était lui; venez!.. il ne fait pas bon ici!

— Pardon, répondit-elle; il y fait très-
bon... pour mourir!

— Vous ne mourrez pas ici..!

— Croyez-vous que je pourrais y vivre?..
Au fait, cette voûte peut m'abriter contre

la pluie et la neige,.. ce banc de pierre me
servir de chaise et de couchette ;.. il y a
plus d'un lieu sur la terre où l'on peut être
plus malheureux.

— Vous, demeurer ici! vous n'y seriez
pas une nuit sans mourir.

— Eh! que m'importe, à moi? qu'ai-je
à regretter dans la vie?... je ne craignais
qu'une chose, c'était de mourir loin des
secours spirituels; et je remercie Dieu, qui
me les envoie si à propos avec vous et par
vous.

A ces mots, elle fit tomber à terre son
paquet, elle se jeta dessus à genoux, et se
signant au front, et joignant ses mains sur
les genoux de l'abbé, elle commença les
préliminaires de sa confession, et pria,
toute grelottante d'un froid qui faisait claquer ses dents et bégayer sa langue. Le
bon prêtre, ému jusqu'aux larmes, en-
toura madame Yvonnet de ses bras, il es-

saya, mais en vain, de la faire lever, et,
n'y pouvant réussir, il écouta sa confession,
résolu d'employer l'autorité que lui don-
nait sur elle cet acte auguste et solennel
pour la ramener sans violence dans sa famille d'adoption. Quand elle eut achevé,
il dit :

— Ma fille, sentez-vous encore de la
haine au fond de votre cœur ?

— Hélas ! répondit-elle, je crains d'y
sentir le contraire...

— Tant mieux !... ne résistez pas à ces
mouvements d'amour, et songez que Dieu
est charité... Mais, dites-moi, ma fille;
commencez-vous à vous sentir mieux dis-
posée à goûter comme il convient ce bienfait de la Providence, qui remplace le
fils de votre vieillesse par les filles mêmes
de son meurtrier ?

Sa pénitente ne répondit que par des
larmes et des sanglots.

— Eh bien, ma fille! si vous avez encore de la peine à vaincre au fond du
cœur cette répugnance, je vous en fais un
devoir pour votre pénitence; et je vous
impose, à l'acquittement de vos péchés,
l'obligation de rentrer à l'instant chez vos
filles adoptives, et de recevoir les témoi-
gnages de leur pieuse tendresse dans un
esprit de miséricorde et de charité... Venez, ma fille! et ne péchez plus.

En disant ces mots, l'excellent prêtre
bénit la vieille, l'aida à se relever, appuya
le bras de madame Yvonnet sur le sien, et
l'emmena, moitié contrainte, moitié vo-
lontairement.

A sa vue, Euphémie poussa un cri; elle
se jeta sur la pauvre dame, l'étreignit
dans ses bras et fondit en larmes : « Je
savais bien que Dieu... » Elle eût ajouté :
« ne voulait pas entièrement nous aban-
donner! » mais la fin de sa pensée se per-

dit dans un torrent de pleurs et de sanglots. La bonne vieille versait aussi, en
gémissant, deux ruisseaux de ses yeux, et
l'émotion lui fit oublier la phrase de regrets et d'excuses, qu'elle avait arrangée
dans sa tête pour sa rentrée chez ses filles
adoptives. Euphémie s'empressa de la
conduire ou plutôt de la porter vers le
feu dans sa bergère; elle dénoua les ru-
bans de ses souliers avachis, imbibés d'eau,
plaqués de boue, et les remplaça par de
chaudes pantoufles rembourrées; elle posa
une chaufferette sous ses pieds gelés et dit :

— Georgette, mettez la braise du foyer
dans la bassinoire, et vite...

La fin de cet ordre fut emportée encore
dans une nouvelle éruption de larmes et
de sanglots; mais Georgette le comprit :
elle ôta la garniture du lit, arrangea la
couverture et promena avec soin la bassinoire dans les draps; tandis qu'Euphémie

aidait sa mère adoptive à se déshabiller
et lui couvrait de baisers le cou, les bras,
les jambes, chaque partie du corps, dont
elle ôtait le vêtement humide et glacé.

Cependant Cécile, étendue sur un fauteuil à dos renversé, semblait ne rien entendre, paraissait ne rien voir, immobile,
silencieuse et comme pétrifiée, sa belle
face aussi blanche que sa robe virginale,
sa toilette froissée, en désordre, et ses cheveux épars, d'où pendait encore sur le
parquet sa couronne de fiancée; et quand
la bonne vieille prit toute tremblante une
de ses mains et lui demanda avec un gros
soupir : « Cécile, me pardonnez-vous le
mal que je vous ai fait? » la jeune fille ne
répondit rien, elle ne leva point ses yeux,
elle ne fit même aucun mouvement visible, mais elle pressa doucement la main
que la repentante vieille femme avait mise
dans la sienne.

L'abbé sentit bien que les consolations ne pouvaient encore pénétrer dans un abattement si profond ; il s'assit donc en face de Cécile, garda auprès d'elle un triste silence interrompu seulement par de longs soupirs, et se mit à suivre d'un œil rêveur la naissance, les métamorphoses et la disparition fantastique des figures que son imagination dessinait comme une arabesque dans les charbons pétillants.

Pendant ces heures de honte, de chagrins et de discorde, qu'était devenu l'heureux fiancé du matin ? Au moment où le secret de famille fit explosion et jeta le désespoir au cœur de Cécile et de son amant, l'abbé Sérange était demeuré trop long-temps incertain à qui des deux il fallait s'attacher et se hâter soit de porter une consolation chrétienne, soit d'inspirer une philosophique résolution. Enfin il s'était décidé à suivre Léonce, mais ce mo-

ment d'hésitation lui avait déjà fait perdre ses traces : il fut impossible à toute son
activité de joindre nulle part le fugitif.

Celui-ci marchait la tête perdue, le visage cramoisi, comme si l'on eût serré sa
gorge avec un nœud coulant. Il se heur-
tait aux pavés comme un homme ivre. Sa
démarche titubante, sa contenance affais-
sée, son œil hagard et terne contrastaient
singulièrement avec l'élégance irrépro-
chable de son costume. Le préjugé l'avait
mordu au cœur, et, plus fort que lui, ne
voulait pas lâcher prise; ou plutôt le malheureux était incapable de s'arrêter sur
une seule pensée : les images passaient
brusquement et se heurtaient dans son
esprit à des images contraires; les sentiments s'entre-choquaient dans son cœur
contre des sentiments opposés. Quelquefois il s'écriait : « *Léonce!* » avec le ton dé-
chirant de sa fiancée; d'autres fois : « *Ber-*

thaud !... Berthaud le guillotiné ! » avec l'air
effrayé d'un homme que la vue inopinée
d'un ennemi frappe à l'improviste d'effroi
et de surprise. Les passants le regardaient,
le suivaient des yeux et se demandaient
un à l'autre : « Est-ce qu'il est fou ? »
D'autres disaient : « Il est ivre ! »

Il allait machinalement, conduit par
un instinct vague et non par une pensée
distincte. Tout à coup, il tressaillit; il se
voyait à sa porte : il avait un pied sur le
seuil, mais il se retira vivement en arrière.
La concierge balayait sa cour, le dos tourné à la rue. Comment rentrer sans être vu?
Comment esquiver la curiosité bavarde de
la vieille Ribot? Il continua donc à suivre le
trottoir et passa devant l'église. Le suisse,
en petite tenue, se promenait sur le parvis,
sa canne à pomme d'argent sous le bras, et
attendait les mariés pour les recevoir au
marchepied de leur voiture et les intro-

duire avec les honneurs accoutumés dans
son église. Léonce le vit fixer les yeux sur
lui, dire un mot au bedeau, et tous deux
s'étonner de le voir ainsi dans un tel moment, à pied, seul et l'air égaré. A quelques
pas, le trottoir lui fut coupé par une dame
avec un vieillard et deux enfants qu'un
fiacre venait de mettre à terre. Léonce
descendit sur le pavé et, sans bien savoir ce qu'il faisait, il monta dans la voiture et s'assit sur la banquette du fond. Le
cocher ferma la portière sur lui et demanda où il voulait aller.

Mais le malheureux jeune homme, enfoncé dans ses pensées délirantes, n'entendait et ne voyait rien que ce qui s'agitait et se disait en lui-même.

Le cocher répéta sa demande avec politesse. — Même silence.

—Êtes-vous sourd ? lui cria brusquement l'automédon à trente-deux sous la

course;.. ou prenez-vous ma voiture pour
une loge d'Opéra?.. Où voulez-vous aller?..
enfin!

Bougival, comme réveillé en sursaut, le
regarda d'un air étonné, et portant sa main
à son front :

— Au bout du monde, si tu veux!..

Alors, n'étant plus gêné par la présence
de personne, il leva les glaces, se tapit
dans un coin et se mit à pleurer. Le fiacre
passa devant la mairie du onzième arron-
dissement. Léonce jeta un regard consterné dans la cour...—« Ils y sont encore,
se dit-il... Pauvre Cécile!.. si j'allais me
jeter à ses pieds, implorer mon pardon et
supplier le maire de nous marier!.. » Il
baissa vivement le store : « Cocher, arrêtez! »

Et le cocher s'arrêta :

— Non! non... allez!

C'est que la manière dont la glace

était suspendue, son échappement brusque dans une coulisse et le bruit de sa
chute au fond du cadre intérieur venaient
de remettre sous les yeux de son imagination l'appareil infâme qui fit tomber
la tête de l'assassin Berthaud.

Sans force physique, sans énergie morale, incapable de soutenir son corps plié
sur lui-même, il se coucha à demi sur la
banquette, et rêva, car toutes ses idées
passaient dans son esprit comme les songes
d'un malade : il rêva Cécile rentrant chez
elle confuse, éplorée, fuyant les regards et
les trouvant partout; les voisins assemblés
devant leurs boutiques, les passants at-
troupés et chacun rassasiant sa curiosité,
se gorgeant de médisance, s'abreuvant de
malignité ;.. et Cécile si belle, si pure, si
haute par toutes ses pensées, si noble par
tous ses sentiments..! A ces images, l'a-
mour, le regret, la pitié reprirent son

cœur et le réchauffèrent dans leurs mains :
il baissa de nouveau la glace et s'élançant
à demi-corps :

— Cocher..! rue Dauphine, n° 28...

Le conducteur fit tourner la voiture
sur elle-même, mais, avant qu'il n'eût
marché dans sa nouvelle direction, Bougival sentit cet éclair de courage s'éteindre
dans son cœur et le préjugé insultant vint
remontrer son masque effrayant à sa timide raison. Honteux et n'osant pas se
laisser voir, il cria du fond de la voiture :

— Non ! cocher ! non,.. retournez,..
retournez dans la route où nous allions !

Le conducteur fit exécuter le demi-
tour à ses chevaux en jurant tous ses blasphèmes :

— N.. de D...! quelle manœuvre fai-
sons-nous donc?.. êtes-vous fou, ou bien
vous moquez-vous de moi ?

Et , fouettant à tour de bras, il partit
avec toute la vitesse de ses haridelles.

Une demi-heure après, le fiacre s'arrêtait et le cocher ouvrait la portière.

— Où sommes-nous, dit Léonce?

— Où vous avez dit....! à la barrière du
Bout-du-Monde!

— Ah! répondit Bougival toujours
étonné de tout, j'ai dit cela... Et, tournant
ses regards comme un homme incertain,
il se dirigea sur la gauche; le cocher le regarda marcher une douzaine de pas et lui
cria :

— Dites donc, jeune homme, vous avez
oublié quelque chose!

— Moi? dit Léonce en portant ses
mains sur ses poches ; non! ce me semble.

— Je ne vous ai pas payé le prix de
votre course, repartit le cocher en ricanant.

Léonce lui jeta une pièce de cinq francs
et continua sa marche.

—En voilà un, dit le cocher, serrant la
pièce dans sa bourse crasseuse, mais sans
le rappeler cette fois pour lui remettre
l'excédant sur le tarif de la course ; en
voilà un qui a fait un mauvais coup,..
ou... que j'aurais mieux fait de mener à
Charenton !

L'amant de Cécile consuma le reste du
jour à vaguer çà et là dans la campagne,
avec une telle aliénation d'esprit, que, le
soir venu, il n'avait pas conservé la plus
faible idée des lieux où il avait passé ; car
son âme, tout à fait absorbée en soi-même,
n'avait reçu aucune sensation des objets
extérieurs. Bougival rentra dans Paris au
milieu de la nuit, évitant les rencontres,
avec la timide précaution d'un homme
qui médite une mauvaise action ; il gagna
furtivement la rue Dauphine, et là, se

glissant de maison en maison, il vint tristement s'asseoir sur une borne en face du
n° 28. Une luxueuse illumination éclairait
les salons du premier étage, où demeurait
l'autre mariée du matin, la fille heureuse
du banqueroutier! et les gracieux tableaux
d'une danse animée faisaient passer et re-
passer, sous les yeux de Léonce, tous les
riants personnages de ce bal ravissant. Il
voyait les danseuses cambrer leurs tailles
de nymphes, les regards des hommes se
baigner d'amour dans le regard des femmes, et le plaisir piétiner sur un parquet
élastique dont la mince épaisseur séparait
la joie de la tristesse; car à l'entresol, où
habitaient les jeunes Berthaud, on n'entendait rien; tout y semblait vide ou
plongé dans le sommeil. Mais, le sommeil,
avait-on pu l'espérer à la suite des incidents si douloureux de cette affligeante
journée! Ce morne silence ne pouvait donc

être que celui du malheureux, qui s'enveloppe la tête dans sa couverture et travaille
en vain à retirer ses sens indociles dans
son âme pour ne rien entendre, tandis
qu'il sent tomber goutte à goutte sur son
cœur les douches froides de la joie d'au-
trui. Les contrevents n'avaient pas été
fermés, soit oubli, soit insouciance, ou
plutôt parce que chacun était sûr, en se
couchant, que son chagrin, toujours éveillé
et la paupière ouverte, allait faire sentinelle pendant sa triste nuit.

Léonce agitait ces réflexions en lui-
même, quand il vit poindre une clarté
sombre dans la cuisine de l'entresol... Ce
ne pouvait être la lueur d'une veilleuse,
car le pétillement du combustible, excité
sans doute par un souffle mécanique ou
naturel, semait dans l'obscurité un jet d'é-
tincelles comme des paillettes d'or sur un
satin noir. Était-ce une potion... un bain

de pieds,.. une fumigation, qu'on apprê-
tait à quelque habitant indisposé de l'entresol?.. Mais, alors, pourquoi ne pas s'é-
clairer d'une chandelle allumée?.. D'ailleurs des flots de fumée roulaient sous le
plafond, un lac de vapeur stagnait sur le
plancher, et le brouillard intérieur de
plus en plus dense avait fini par masquer
tout à fait la vue du lit à rideaux blancs,
que Léonce avait discerné tout à l'heure
à la clarté du combustible embrasé... Il y
avait donc là un mystère!

Il n'eut pas le temps de l'approfondir,
car il entendit ouvrir de l'intérieur avec
vivacité la cuisine, sa porte brusquement
poussée battre contre la muraille, une voix
qu'il reconnut jeter un cri douloureux,
une femme s'approcher de la fenêtre, l'ouvrir avec précipitation, s'éloigner, et revenir tenant un brasier tout ardent. C'était
Euphémie, pâle, en larmes, tremblante,

consternée. Elle jeta sur le trottoir ce
qu'elle avait dans ses mains... Le charbon
s'éparpilla en grésillant sur la boue; un
ustensile de fer rebondit plusieurs fois sur
la terre et vint s'arrêter aux pieds de Bougival, qui se baissa, voulut le saisir, s'y
brûla, trouva le manche, et, levant à la
hauteur de ses yeux ce qu'il avait pris à
tâtons, reconnut avec épouvante... un réchaud!

Dans la chambre où l'on a vu la
bonne vieille revenir appuyée sur le bras
de l'excellent abbé, et où nous rentrons
nous-même en laissant Bougival frissonner
dans la rue, il y avait trois lits jumeaux:
celui de madame Yvonnet entre ceux des
jeunes Berthaud. Georgette couchait à
côté dans une petite cuisine, dont la
porte s'ouvrait au fond de cette pièce
oblongue. Depuis une heure, Sérange, le
cœur plein de mélancolie, s'était retiré

après qu'il eut récité pieusement avec
cette famille désolée une prière du soir
courte, mais touchante. Cécile avait manifesté sa volonté de prendre le lit et
a chambre de Georgette... « Elle sentait
qu'elle ne dormirait pas cette nuit; elle
serait agitée; elle craignait d'interrompre
un sommeil dont sa mère et sa sœur
avaient tant besoin après une journée si
pénible.» Cette raison était simple, elle
était naturelle, elle ne devait inspirer aucun soupçon; mais, comme il arrive souvent aux personnes trop vivement occu-
pées de leur secret, qu'elles trahissent leur
pensée à force de jeter inutilement des
voiles superflus sur des voiles suffisants
pour la dérober, elle ajouta d'autres motifs si embarrassés, si frivoles ou si forcés,
qu'elle fit soupçonner à sa sœur un si-
nistre mystère. Cécile était devenue calme,
par une révolution soudaine; il ne lui res-

tait de son profond désespoir, qu'un vif
attendrissement; elle semblait s'étudier à
sourire; elle s'épanchait dans un redoublement de paroles affectueuses et de caresses autour de sa sœur, avec cette re-
cherche empressée dont une compatissance ingénieuse entoure un ami, que l'on
sait frappé à son insu ou menacé d'un
malheur encore voilé à ses yeux... Euphémie frémit. Néanmoins, toujours ferme
et prudente, elle eut soin de renfermer ses
soupçons en elle-même, et, depuis trop
long-temps habituée à prendre pour elle
seule tous les soucis, tant qu'elle pouvait
les épargner à la sensibilité des autres, elle
ne dit rien à madame Yvonnet de ses
épouvantables pressentiments. Elle donna
son lit à Georgette, et se coucha dans celui de Cécile; car, étant le plus voisin de la
cuisine, elle s'y trouvait à même d'en saisir

le moindre son et le plus léger mouvement.

Quand elle crut que madame Yvonnet
était endormie, elle se glissa sans bruit
au bas de son lit, jeta furtivement son peignoir autour de ses épaules, chaussa doucement ses pantoufles et vint sur la pointe
du pied s'asseoir en silence sur une chaise,
qu'elle avait préparée de manière qu'étant
assise dessus elle avait, pour ainsi dire,
l'oreille collée à la porte de la chambre où
Cécile reposait. Reposait! non, car les gémissements continuels du lit n'attestaient
que trop cet état fébrile d'une personne qui
tourmente sa couche sans trouver dans aucune place ni dans aucune attitude un
instant de calme et d'assoupissement.
L'âme d'Euphémie n'était pas moins agitée, et tout remplissait sa pensée d'amertume : l'échafaud d'un père, la tache in-
délébile au front des enfants, la main

d'une sœur repoussée avec un si déchi-
rant scandale, Cécile qui va peut-être
laisser Euphémie porter à elle seule tout
le poids de la honte dans le présent et du
désespoir dans l'avenir ! Aussi, parfois un
dégoût amer de la vie, un découragement
de la vertu, une prostration absolue des forces morales affluaient dans tout son être,
et, portant le doigt sur le bouton de la serrure, elle était près d'ouvrir la porte et de
s'élancer vers Cécile en criant : « La vie
ne m'est plus tolérable et je veux mourir
avec toi ! » Mais si alors ses yeux venaient
à se porter vers l'alcôve où pendait un
Christ cloué sur la croix et tristement
éclairé par une funèbre lueur de la veilleuse, sa résignation revenait comme un
rayon de soleil qui perce un instant les
sombres nuages, et elle disait au fond de
son âme : « Seigneur, que ce calice s'éloi-
gne de moi ! qu'il en soit néanmoins, non

ce que je veux, mais ce que vous voulez! »
Puis, sa tête retombait sur ses genoux
entre ses mains, elle dévorait ses sanglots
dans un morne silence, et soulageait son
cœur par un redoublement de larmes.

Cependant madame Yvonnet ne dor-
mait pas; levée sur son séant, elle tenait
entr'ouverts ses rideaux, elle regardait en
pleurant... pleurer Euphémie, et, soup-
çonnant la cause de la triste garde qu'elle
veillait à la porte de sa sœur, elle disait
de temps en temps avec anxiété : « Hé
bien! que fait-elle?»Tout à coup, Euphémie se leva et lui fit signe avec la main de
garder le silence. Minuit sonnait à la pa-
roisse, et Cécile répondait par un douloureux gémissement à chaque coup du bat-
tant sur la cloche monotone ; sa sœur,
osant à peine respirer, l'entendit se lever,... et venir vers la porte,... et s'y arrêter... Que faisait-elle sur le seuil? Sans

doute, agenouillée, elle priait Dieu de ré-
pandre ses bénédictions sur une sœur
tombant, à l'instant qui va suivre, dans un
inconsolable abandon. Euphémie, à cette
pensée, mit son mouchoir dans sa bouche
pour ne pas éclater en sanglots... Ensuite,
elle entendit comme le frôlement d'un
corps passé rapidement sur un autre,
l'explosion d'une allumette oxygénée au
moment où elle prend feu, et un souffle
entrecoupé de sanglots qui semblait exciter la flamme d'un fourneau.

Quand elle n'entendit plus rien, elle
ouvrit la porte avec précipitation et il s'en
échappa un nuage de gaz et de fumée.

— Euphémie, s'écria madame Yvonnet désespérée, sentez-vous cette vapeur
de braise ? d'où vient-elle?... O sainte
Vierge!...

— Hélas! répondit Euphémie; — et
elle s'élança dans la chambre; elle ouvrit

les deux fenêtres, jeta le réchaud avec la
braise allumée dans la rue et renouvela
bientôt l'air en l'agitant avec un châle.
Alors elle s'arrêta à contempler d'un regard douloureux sa sœur à la clarté de la
lune, dont le croissant jetait un rayon oblique sur la maison.

Cécile était couchée sur le côté droit, sa
tête appuyée sur une main, un Christ
dans l'autre, les yeux fermés, mais noyés
de pleurs, et ses lèvres tremblantes bé-
gayaient une prière inarticulée. Euphémie
s'approcha d'elle et lui donna un baiser
sur le front, elle prit sa main dans les
siennes, s'assit au pied du lit et, sans
prononcer un seul mot, elle mêla ses larmes long-temps à celles de sa sœur.

Quand son cœur soulagé eut rendu un
peu de calme à sa voix :

— Qu'allais-tu faire, ma pauvre sœur!
lui dit-elle; ce n'était donc pas assez de

mes autres chagrins ? il fallait que j'eusse
encore ta mort à pleurer ! et quelle mort !
Le monde eût plaint ;.. il eût excusé ton
désespoir ;.. il t'aurait pardonné... quoi !
la seule faute que Dieu ne pardonne pas !
Malheureuse ! quel réveil que celui où tu
allais entendre ce juge sévère dire : Cécile, qu'as-tu fait de ta sœur ?... Tu l'as
mise dans les pleurs, et tu ne la verras plus,
car ton crime élève entre vous une barrière éternelle... O ma sœur, qu'est devenue ta piété ? Dieu nous lie au chevalet d'un
préjugé, et tu refuses ce martyre ! il nous
envoie le calice des épreuves, et tu le ré-
pands à tes pieds..!

Cécile ne répondit pas, mais un frémissement convulsif dans tout son corps
prouva bien qu'elle avait senti la vertu d
ce qu'Euphémie lui avait dit ; elle pleura
encore, et ses yeux restaient invariable-
ment fixés sur le même objet ; sa toilette

de mariée et son bouquet virginal de blanches fleurs d'oranger, enveloppés comme d'un crêpe par un pâle rayon de la lune. Sa sœur comprit sa pensée et ajouta :

— Léonce a manqué de force... son imagination a triomphé de sa raison et de son cœur... Il a repoussé ta main avec indignité... Ah! je ressens toutes les pointes de cette douleur aussi vivement que toi-même... Mais je sais un autre amant plus digne de tes affections; son amour est pur, ma sœur, et n'est point soumis, comme celui de Léonce, aux vaines opinions des hommes. Hélas! pourrait-il mépriser la fille du supplicié, lui qui a subi l'opprobre du supplice?

Ici, Cécile tourna les yeux vers sa sœur : on aurait pu saisir dans les coins retroussés de sa bouche une légère expression de dédain, si elle n'eût arrêté au

même instant son regard étonné sur un
crucifix que la bonne Euphémie présen-
tait à sa bouche; elle poussa un profond
soupir, elle parut sortir d'un rêve pénible
et entrer dans une nouvelle région d'idées,
elle sourit à sa sœur, lui passa un bras autour du cou, attira ses lèvres vers les siennes, et leurs deux bouches unies se bai-
sèrent avec respect sur les pieds du Christ.

Le lendemain toute la journée et le matin seulement du surlendemain, le magasin resta fermé comme si la mort avait passé
dans la maison. Euphémie fit ouvrir à
midi et descendit. Elle ne s'était pas encore
assise qu'elle avait remarqué déjà l'empressement des passants à chercher le numéro de sa boutique. Ils s'approchaient, ils
promenaient dans le magasin l'œil nu, le
lorgnon ou le binocle, puis chacun suivait
sa route. D'autres s'arrêtaient davantage,
mais il était évident que la blanche pro-

preté du linge étalé derrière les glaces de
la devanture n'était pas l'objet que cherchait leur indiscrète curiosité. Dans un
moment, il s'en trouva dix ou douze assemblés devant les fenêtres du magasin, et,
ce commencement d'affluence suffisant
déjà par soi-même à susciter la curiosité,
une masse de plus en plus grossissante se
pelotonna autour de ce noyau et finit bientôt par déborder tout le trottoir. Des questions et des réponses s'établirent : Euphémie en saisit avec douleur quelques mots
ou des gestes trop significatifs ; mais, habituée à supporter les angoisses de sa position douloureuse, elle s'arma de résignation et s'assit dans la partie du magasin où
elle était le moins exposée à l'impertinence
de ces regards appistés.

Sa première demoiselle lui remit des
lettres, Euphémie baissa les yeux sur les
adresses qui étaient au nom de Cécile...

Elle hésita, posa les trois lettres sur un gué-
ridon, les reprit, les rejeta, balança encore,
déchira lentement un cachet et s'applau-
dit, car son indiscrétion épargnait une
nouvelle douleur à sa chère Cécile.

« Mademoiselle, disait-on dans cette
lettre, je viens de lire dans les journaux
l'événement dont vous avez été hier l'hé-
roïne et la victime. Je pense que votre
haute raison vous a déjà fait comprendre
que cette aventure peut vous être un pié-
destal, et je crois, sans me flatter, qu'il
n'existe pas dans Paris un établissement
où il puisse être mieux placé que dans le
comptoir de mon café renommé pour son
zèle à rechercher tout ce qui mérite l'intérêt et la curiosité du public...

» J'ai l'honneur d'être, en attendant
une prompte réponse, etc. »

Euphémie haussa les épaules, froissa
cette lettre dans sa main, la jeta au feu, et

décacheta la suivante sans aucun scrupule : elle était plus impertinente, car elle
était imprimée.

« M..., directeur de l'agence matrimo-
niale, rue ..., n° ..., a l'honneur de vous
rappeler que sa maison est avantageuse-
ment connue pour traiter les négociations
difficiles, et que ses nombreux succès l'ont
fait justement regarder comme la Providence des personnes à qui certaines po-
sitions délicates pourraient être sans lui
un obstacle insurmontable au mariage. »

Euphémie sentit une larme couler sous
les cils de sa paupière aux derniers mots
de cette lettre, elle appuya le papier sur
ses yeux pour écraser cette larme et la dérober à la vue de ses jeunes ouvrières ; elle
prit la troisième lettre, elle déchira l'enveloppe, ensuite elle se leva, ouvrit un
placard et feignit de chercher dans tous les
tiroirs, afin de cacher la rougeur qu'elle

avait senti lui monter au visage quand elle eut parcouru les premières lignes.

Cette lettre était sortie d'une agence de placement! Le chef du bureau écrivait qu'il était en mesure de placer comme demoiselles de compagnie les jeunes personnes d'une figure agréable chez des hommes riches et d'un âge raisonnable, célibataires, veufs ou maris séparés, et qui tous, outre de superbes avantages actuels, offraient d'assurer un legs dans leur testament.

CHAPITRE VI.

LE TRAQUENARD AUX BELLES FILLES,
OU FIN DE L'ABBÉ TRAVESTI.

———

Au milieu de ces émouvantes vicissi-
tudes, s'écoula donc et finit cette journée,
que l'une d'elles, sinon toutes deux, avait
saluée à son aurore comme un des beaux
jours de la vie... Le temps adoucit enfin
la plus vive douleur, mais il en resta sur
leur physionomie un air de profonde tristesse, comme une cicatrice sur une ancienne blessure.

L'abbé, ayant ramené l'union, la con-
fiance et la résignation dans la maison
de ses filles adoptives, était revenu dans
sa ville d'Auxerre. La première lettre d'Euphémie lui apprit qu'elle avait réduit son
magasin aux choses utiles seulement aux
femmes, et supprimé tous les articles qui
auraient pu donner aux hommes un motif de s'introduire chez elle sous prétexte
d'acheter... Elle avait pensé que l'éloigne-
ment de Paris, un séjour à la campagne
et les distractions d'une maison où l'on
recevait un monde choisi, pourraient exer-
cer sur l'esprit de sa sœur une influence
bienfaisante. Elle avait donc engagé Cécile
d'accepter les propositions de madame
Grandmaison, épouse d'un vieux colonel
retraité, qui habitait un joli château à
quelques kilomètres de Paris. Cécile entrait
chez elle plutôt comme demoiselle de compagnie que pour veiller à l'entretien du

linge. L'abbé sanctionna de son approba-
tion toutes ces vues sages; mais, peu de
jours après, il reçut une lettre de ce Léonce,
qui n'avait pas eu la force de nouer par
un *oui* bien articulé son mariage avec Cécile, qui avait encore moins la puissance
d'éteindre son amour, et qui ne cessait de
suivre son amante regrettée de la pensée
et des yeux. Il conjurait l'abbé de venir à
Paris sans différer un instant, car sa pupille courait un immense danger. La
Grandmaison n'était pas mariée avec le
colonel dont elle avait l'effronterie de porter le nom : leur château était un lieu de
libertinage, où demeurait avec eux un
major de Sainte-Claire, un peu moins âgé
que Grandmaison et beaucoup plus dé-
bauché, car son goût blasé trouvait à
la beauté de Cécile je ne sais quel attrait
piquant avec cette tache, qu'il appelait
une mouche d'échafaud. Enfin elle se

trouvait avec des gens qui avaient plus
d'une fois, disait on, appelé la violence
au secours de la séduction. L'avis était
pressant, mais l'abbé ne pouvait quitter
Auxerre en ce moment, car il exerçait
à l'entour d'une autre jeune fille une œuvre
semblable de surveillance et de protection.
Une sœur de charité, fiancée avec un jeune
homme avant son entrée au couvent, continuait d'être l'objet de ses poursuites...

Ici Linville rougit comme si le chanoine eût prononcé toutes les syllabes de
son nom.

—Figurez-vous, madame, ajouta le narrateur, qu'une certaine nuit il poussa l'au-
dace au point d'enlever cette pieuse fille
d'une maison isolée où elle gardait une
vieille malade. L'abbé, qui observait, caché
dans une vigne, accourut, mais trop tard.
Heureusement vint à passer un relai qu'un
postillon ramenait au gîte. Mon excellent

ami enfourche un des chevaux, atteint la diligence à la montée d'une colline, et ravit la jeune religieuse à son ravisseur.

—En vérité, dit madame de Roulhac, s'il faut en juger par ce sommaire du premier chapitre, ce doit être une curieuse histoire;.. et vous nous la conterez dans un jour que vous aurez la bonté de nous fixer; car M. de Linville, j'en suis sûre, n'a pas une moindre envie de la connaître.

—En effet, madame... sans doute,. ! cependant..! à coup sûr!.. néanmoins..! répondit Linville, dont le trouble offusquait les idées.

—Le bien naquit ici du mal, continua le chanoine sans remarquer sa décontenance; car la sœur de charité quitta secrètement Auxerre et changea de congrégation. Son amant jura qu'il ne chercherait point à savoir où elle s'était retirée,

et l'abbé put venir à Paris aider sa pupille
à sortir du piége.

Sérange, n'ayant contre les Grandmaison que les accusations d'un amant, qui
peut-être voyait avec les yeux de la jalousie une réalité dans ses chimères, pensa
qu'il était convenable aux bienséances
comme à la charité de s'enquérir lui-même
sur l'état des choses. Il fit une visite au
château; elle n'était pas inattendue; chacun savait son personnage, et personne
des trois hôtes n'était novice dans l'art des
séductions. L'abbé revint, persuadé que
Bougival était dans une erreur complète;
pour lui, faisant aux Grandmaison une
bonne mesure de charité dans sa trop bienveillante opinion, il voyait dans la noble
châtelaine une femme jeune encore et belle,
qui sacrifiait aux devoirs de la piété conju-
gale tous les plaisirs que le monde voulait
mettre à ses pieds; le colonel, un peu

brusque, lui semblait un type d'excellente
bonhomie; mais celui dont Sérange était
le plus enchanté, c'était le major de Sainte-
Claire; cet homme si bien né, si pieux,
d'une figure si belle, d'une vieillesse si
verte en dépit de ce maudit rhumatisme,
dont il se moquait avec une gaieté si charmante!

Bougival fut donc obligé de retourner
aux informations, et revint un soir avec
des renseignements si exacts, que l'abbé
ne put refuser d'ouvrir les yeux à l'évi-
dence. Madame Grandmaison ou plutôt Célestine Bigot était une ancienne sou-
brette, que Sainte-Claire avait enlevée à
une jeune dame pour se dédommager des
rigueurs de sa maîtresse. Entretenue d'a-
bord et cédée ensuite par lui à Grandmaison, qui avait eu la faiblesse de laisser
prendre son nom à cette femme, elle s'était
faite l'entremetteuse active de son premier

amant, avec cette jalousie haineuse que l'innocence inspire souvent aux femmes qui ont perdu la pudeur. Bougival savait qu'il y aurait cette nuit même un bal de mi-carême au château de Grandmaison, car le major passionné espérait séduire ou contraindre Cécile avec le puissant auxi-liaire des émotions, que cette fête licen-cieuse devait jeter dans l'imagination et les sens d'une jeune fille sans expérience. L'abbé voulait partir à l'instant avec l'ha-bit de son caractère.

—Vous n'entrerez pas! dit Léonce...Votre signalement, n'en doutez pas, est donné à la porte.

— En ce cas, j'amène avec moi l'auto-rité..!

—Nous supposons seulement une simple intention ;.. ce n'est pas assez pour requé-rir l'autorité ;.. car l'intention n'est pas toujours suivie du fait, comme la supposi-

tion n'implique pas nécessairement la
réalité.

— Eh bien! comment faire?

— Vous affubler de ce travestissement,
répondit Léonce en dépliant un costume de
muphti, qu'il avait eu soin d'apporter...
J'ai mis dans ma confidence un domestique;.. il vous introduira;.. vous parlerez
à Cécile, et vous déciderez avec elle s'il
faut l'emmener furtivement ou à front dé-
couvert.

L'abbé avait pour ce moyen une répugnance extrême, cependant il fut contraint
à l'adopter; car il était neuf heures et de-
mie : le temps lui manquait donc pour
imaginer un plus digne expédient.

C'était l'heure où, sous les yeux de madame Grandmaison, une femme de chambre exercée aidait Cécile à se parer,
comme une belle esclave que le maître ho-
nore de son caprice.

Julienne prit la jeune fille par la main et la mit face à face avec elle-même devant une magnifique psyché. Cécile poussa un cri de surprise, de ravissement et d'incertitude.

—Ah!.. Comment!.. Est-ce que... c'est moi?

Et comme un enfant ingénu elle toucha la glace avec ses jolis doigts, et jeta furtivement un coup d'œil derrière la psyché.

Ce mouvement naïf arracha un éclat de rire à Julienne; madame Grandmaison leva ses yeux vivement sur sa belle protégée et les rebaissa aussitôt avec lenteur, afin de cacher le nuage de jalousie qu'elle sentit s'épaissir sous sa paupière.

Eblouissante beauté! pensa-t-elle en étouffant un soupir qui n'arriva point jusqu'à ses lèvres; un soupir! car d'un seul

regard elle avait tout analysé, depuis ce
pied gracieux, moulé à ravir dans un élégant soulier de satin blanc, jusqu'à cette
chevelure fine, soyeuse, d'un noir étince-
lant, qui jetait au soleil un reflet d'azur,
et tombait en grappes sur une carnation
rosée, diaphane, et qu'on eût dit transpi-
rer la lumière. «Et 18 ans! un long avenir
de beauté! et moi..! » Elle se détourna de
sa pensée avec dépit, car son imagination
lui montrait ce 3 suivi d'un zéro, fatale
association de chiffres sur la borne itiné-
raire où commence dans la route des années le déclin de la fraîche et svelte beauté.

Cette idée lui fit relever les yeux sur le
front virginal de Cécile, où son regard, attaché avec jalousie, semblait tracer déjà
le sillon précoce de l'incontinence et du
remords... «Fille d'Eve, murmura-t-elle en
elle-même, tu mordras aussi à la pomme
du vice! »

Le château de Grandmaison n'est qu'à
un myriamètre des barrières, en avant
d'un gros bourg qu'un service local d'om-
nibus rattache encore de plus près avec
la capitale. Au moment où Sérange arriva, les voitures du pays, mises en ré-
quisition pour la fête, descendaient aux
portes une foule de masques invités dans
les coulisses des boulevarts, les maisons
haut huppées de tolérance et les tripots
clandestins de Paris. Le bal était dans
toute sa splendeur : la jouissance et la
fatigue n'avaient pas encore émoussé les
premières pointes de l'entrain; on respi-
rait la volupté dans l'air embaumé de la
salle, et le plaisir flamboyait dans les yeux.
Toutes ces femmes étaient belles, plusieurs étaient charmantes, mais il n'y en
avait pas une, à commencer par la maîtresse de maison, qui ne rappelât au pieux
abbé ces paroles de l'*Ecclesiastique* : « La

prostitution de la femme se reconnaît à
son regard altier et à l'immodestie de ses
paupières. » Je me trompe, il y en avait une;
car un autre spectacle ravit son admira-
tion; il resta long-temps à le contempler,
et il se répétait ce verset dans son cœur
avec émotion : « La femme pleine de pudeur est une grâce qui passe toute grâce. »
C'était sa jeune pupille, fuyant tous les
regards et attirant tous les yeux, les siens
baissés, assise dans un des coins les moins
apparents, rouge de pudicité, embarrassée
même de son innocence qui excitait l'attention comme un costume étranger, détournant son oreille de Sainte-Claire, qui
essayait de lui faire observer tout ce qu'il
y avait de plus propre à l'émouvoir, et
n'osant tourner ses yeux nulle part dans
la crainte d'y trouver un objet qui mît
une tache sur la pureté de son âme. Car
le bal avait adopté pour sa devise : « Plai-

sir sans contrainte! » Et chacun s'enivrait
à son aise de ces danses licencieuses, qui
semblent renouvelées dans nos jours de ces
pantomimes impudiques célébrées à Ba-
bylone dans les fêtes d'Astarté, où la prostitution était un acte méritoire de religion
et le *concubit* vague une sanctifiante com-
munion.

Dans ce moment, un masque en costume de gondolier vénitien pria Sérange
de lui faire un vis-à-vis.

— Je ne me sens pas disposé à danser,
répondit l'abbé travesti.

— Bah! on se fait une douce *violence.*.
D'ailleurs, c'est le mot de passe aujour-
d'hui! Et le gondolier se baissant vers l'o-
reille du muphti ajouta : *Le rose* est à
l'ordre du jour!

— En vérité!... le rose!.. balbutia le
faux muphti, intrigué de savoir ce que signifiait un mot qu'il avait déjà entendu

plusieurs fois circuler autour de lui avec mystère.

Le gondolier s'inclina de nouveau et se mettant une main devant la bouche comme pour empêcher le son de s'égarer dans une oreille indiscrète, il dit en ricanant : On a dressé *le fauteuil !*

— Ah! ah!... répondit Sérange avec cet air qui sollicite une plus ample confidence.

Son interlocuteur lui toucha le coude et lui montrant du coin de l'œil Cécile, qui passait chassée par sa pudeur hors du bal dans le chaste asile de sa chambre : « Elle va se faire prendre!... Heureux major!... hein!... beau masque! tu voudrais bien être à sa place! »

Et, rappelé par le prélude de la contre-danse auprès de sa belle *partner*, il s'éloigna et se mit l'index en croix sur la bouche afin de lui recommander la discrétion.

L'abbé travesti se pencha sur l'épaule de
Cécile et, sans savoir encore de quel danger il s'agissait, lui glissa dans l'oreille :
« Gardez-vous du rose et du fauteuil! » La
jeune fille tressaillit, regarda comme on
fait quand il semble reconnaître une voix
amie,.. et passa avec l'air d'une personne
qui s'aperçoit qu'elle s'est méprise. L'abbé
attendit la fin de la contredanse pour obtenir du masque l'explication de ces deux
mots jetés seuls dans son esprit comme au
bout d'une page en blanc, où son imagination inquiète écrivait mille conjectures.
Mais, après que le gondolier eut reconduit
sa dame, Sérange vit Sainte-Claire et la
Grandmaison se parler des yeux; elle sortit la première , le major suivit et le
muphti se glissa derrière. Elle prit dans
l'antichambre une lanterne sourde, passa
dans cinq ou six pièces, et, traversant une
cour dérobée, entra dans un pavillon que

Cécile habitait avec le jardinier et sa famille; mais alors on en avait retiré tout le monde pour le service du bal, ou plutôt, comme nous allons voir, dans une intention perfide.

Cécile, enfermée tristement, s'était assise au bord de son lit; car on avait enlevé toutes les chaises de sa chambre sous le prétexte qu'on aurait besoin d'elles pour garnir les salles dans l'attente de si nombreux invités. Un fauteuil rose, large, profond, au siége bas, au dos allongé et renflé comme un oreiller, moelleux à l'endroit où le corps abandonné repose nonchalamment sa tête, les remplaçait auprès du foyer allumé avec une flamme attrayante. Ses pantoufles de cachemire étaient disposées auprès, sa toilette de nuit semblait jetée avec négligence sur le dos et les bras du fauteuil, dont les formes rebondies invitaient l'indolence assoupie

II.   15

à savourer la molle chaleur de ses coussins
élastiques. Mais quiconque aurait su quels
ressorts prompts et mystérieux y cachaient
les soieries et les velours drapés avec un
art non suspect, n'eût pas manqué de com-
parer ce béguin de fine dentelle, cette ca-
misole de basin et ce peignoir étalés sur
le fauteuil avec une grâce attirante à ces
grains de blé ou de millet semés dans un
trébuchet pour engager l'imprudent moi-
neau à s'y prendre. Cécile, fatiguée du
bal, alourdie par le sommeil, allait s'y
laisser tomber dans un voluptueux abandon, quand elle se rappela ces paroles du
masque : « Gardez-vous du rose et du fauteuil. » La voix qui les avait prononcées
semblait celle de l'abbé Sérange... Mais au
bal et travesti ! Ce ne pouvait être lui ! Et
cependant, comme il accourrait au plus
vite, s'il pouvait savoir que sa pupille fût
dans une maison dangereuse ! Car elle n'en

pouvait douter, maintenant qu'elle venait
de voir la fleur du vice s'épanouir à la
lueur des lustres. De toutes ces femmes
belles, élégantes, spirituelles, il n'en était
pas une seule au front de qui la débauche
n'eût soufflé son haleine flétrissante, et
néanmoins elles croyaient honorer Cécile
de leur compassion insultante : la courti-
sane et la concubine semblaient déroger
à côté de la fille de l'assassin et du supplicié. Sa tache l'avait donc placée si bas,
qu'il fallût même à ces femmes descendre
pour se mettre à son niveau. Et toutefois
elle était pure de corps et d'âme, elle ! ô
préjugé !

Dans ce moment on vint frapper à sa
porte.

Qui est là ? dit-elle.

Une voix, qu'elle reconnut bien pour
celle de madame Grandmaison, répondit :
« C'est moi ! »

15.

Cécile ouvrit, et demeura étonnée de trouver seul à sa porte le major de Sainte-Claire.

Il m'avait semblé, fit-elle, reconnaître la voix de madame Grandmaison!

Vous vous êtes trompée, répondit Sainte-Claire... Au reste, c'est elle qui m'envoie... Elle craint que vous ne soyez indisposée.

Il trompait, car au même instant la Grandmaison descendait sans bruit, enchantée d'avoir introduit un vautour audacieux dans la cage d'une colombe timide. Au bas de l'escalier, dans un angle obscur, elle crut voir quelqu'un se cacher, elle tourna de ce côté la lumière de sa lanterne sourde et soupçonna dans notre muphti un personnage coupable seulement d'indiscrétion ou peut-être amoureux de Cécile; mais non pas un ennemi, car le domestique soudoyé avait eu l'habileté d'introduire Sérange avec une brillante foule de masques connus, familiers et intimes du château, au milieu desquels il entra comme un ami accompagnant ses amis.

— Que faites-vous ici, monsieur? lui demanda-t-elle avec sécheresse.

L'abbé en fut troublé un instant; surpris dans une position équivoque, il sentit que cette inquisition méséante dans l'intérieur de ses hôtes le montrait sous des apparences si peu favorables qu'il ne devait pas espérer d'entrer immédiatement avec la dignité convenable dans l'exercice de ses droits. Obligé de recourir à la dissimulation, il répondit avec embarras que, sorti du bal pour contempler cette belle nuit d'hiver, il s'était égaré dans les cours et cherchait un des gens qui le remit dans sa voie. La Grandmaison feignit de croire à la sincérité de cette excuse, mit son bras sous celui de l'abbé, et, se promettant bien d'avoir toujours un œil sur lui, ramena l'espion en surveil-

lance dans le salon, où, pour mieux dé-
mêler ses intentions, elle mit à l'épreuve
sa galanterie dès la première contredanse.

Pendant que cet incident se passait en
bas, Cécile, au premier étage, voulant éviter un tête-à-tête, répondait au major qu'elle
descendrait à l'instant même rassurer sa patronne sur son indisposition. Elle prit un
flambeau sur la cheminée, fit une révérence et marcha devant lui comme pour
l'éclairer.

Tout à l'heure! dit Sainte-Claire, qui lui
ôta son flambeau des mains, le mit sur
la console, et, l'invitant à s'asseoir :

—Permettez que je profite de cette occasion pour vous entretenir un moment.

Elle ne s'assit point, et se glissa même
à l'opposite du fauteuil.

—Pourquoi ne voulez-vous pas vous asseoir? dit Sainte-Claire avec une hypocrite
simplicité.

—C'est qu'il n'y a qu'un siége ici.

— C'est pour cela qu'il vous appartient.

— Il ne m'appartient pas, répondit-elle avec modestie, d'écouter, moi assise, vous parlant debout.

— C'est me dire, lui repartit le major, qu'il faut abréger des instants que vous m'accordez à regret, puisque vous me les comptez debout.

Il prit sa main et la ramena vers le fauteuil, où l'innocente fille, à qui imposaient la naissance, le grade et l'âge de l'officier, et d'ailleurs embarrassée de son inexpérience à répondre aux formules galantes du monde, allait s'asseoir par timidité, quand, ces paroles du masque : « Gardez-vous du rose et du fauteuil, » revenant à son esprit, elle s'esquiva frémissante, comme si elle eût failli s'asseoir sur un gril ardent. Le major cacha son dépit en baissant le nez sur la cheminée dans une corbeille de fleurs artificielles, que Cécile

avait commencées pour la fête prochaine
de madame Grandmaison. Ensuite, relevant la tête, il entretint d'un ton sérieux
la jeune lingère sur son passé, son avenir,
l'amitié qu'elle avait inspirée à son excellente patronne, l'intérêt amical et paternel
qu'il portait lui-même à sa fortune, et,
quand il crut avoir bien écarté ses défiances:

— Je souffre de vous voir ainsi rester
debout!.. asseyez-vous, mademoiselle! asseyez-vous! Le bal doit vous avoir fatiguée...

Cécile, qui voulait rompre ce tête-à-
tête, déploya son éventail, feignit d'y con-
sulter une liste de noms tracés au crayon,
et dit:

— Si peu, que je retourne au bal tenir
les invitations que j'ai acceptées pour la
danse.

— En ce cas, je dois vous avertir que
votre coiffure est dérangée.

Elle jeta un coup d'œil sur la glace.

— C'est vrai ! fit-elle ; mais c'est peu de chose.

—C'est beaucoup trop ! dit le major ;... mais ce sera bientôt réparé ;... asseyez-vous seulement.

Il prit le fer à friser sur la toilette, et, le montrant à l'innocente jeune fille avec un sourire qui jouait la candeur :

— Je parie que c'est un talent que vous ne connaissiez pas encore au chevalier de Sainte-Claire?

— Non, en vérité !

— C'est un art qu'une jolie duchesse m'avait conseillé de cultiver dans mes loisirs de garnison... Les femmes ont des idées charmantes comme elles!.. Sans vanité, je défie la science du plus habile coiffeur ;... vous allez voir...

Il mentait avec impudence, car il n'aurait pu seulement préparer une mèche ou tailler une papillote.

— Je ne vous demande que de vous asseoir l'instant de pincer la boucle avec ce fer.

— Non! je veux rester debout.

— Alors je manquerai la boucle, je vous en préviens!... Avez-vous jamais vu coiffer une dame autrement qu'assise!

Il fit rouler de l'air le plus simple son fauteuil vers la jeune fille, mais il observait du coin de l'œil tous ses mouvements et se pinçait les lèvres avec dépit, car elle continuait à rester debout : il mit l'instrument au feu, et, tirant son portefeuille, il éparpilla nonchalamment sur la tablette de la cheminée quinze ou vingt billets de banque.

— C'est le papier dont je me sers pour friser, dit-il avec indifférence; je n'en sais pas de meilleur en papillotes!

Il manqua son but par le moyen qu'il avait cru le plus sûr de l'atteindre; car

l'honnête jeune fille rougit, et, sans dai-
gner répondre un seul mot, lui tourna
le dos et s'en alla fièrement vers la porte.
Sainte-Claire lui saisit la main au moment
où elle tournait le bouton de la serrure, et,
la ramenant malgré elle à quelques pas en
avant du fauteuil :

— Cécile, vous êtes un enfant! disait-il...
Vous soupçonnez du mal où il n'y en a
pas même l'intention, et vous attachez de
l'importance à des choses qui n'en ont aucune... Tenez!.. voilà tout le cas que l'on
fait de ce papier.

Il prit un billet de banque, et, le roulant dans ses mains, il en fit une boulette.

— En vérité!... vous méritez, pour vos
ridicules méfiances... d'être... fusillée!

A ces mots il jeta la bille de papier au
front de Cécile en manière de badinage,
et, continuant ce jeu, lança coup sur coup
dans ses yeux avec un feu roulant de cris

joyeux et une explosion de rire éclatant les
fleurs de la corbeille et les billets de banque
roulés en balles inoffensives, rapides et ser-
rées comme une grêle d'orage, espérant avec
cette fusillade folâtre éblouir, troubler,
étourdir, forcer la jeune fille à reculer vers
le fauteuil et à s'y cacher contre cette mi-
traille embaumée ou réalisable en espèces
sonnantes. Son stratagème ne réussit qu'à
moitié : sa charmante adversaire battit en
retraite jusqu'au bord du siége; mais là,
passant légèrement sous le bras du major,
elle se glissa derrière le fauteuil et mit ce
rempart entre elle et son assaillant.

Alors, celui-ci, qui avait épuisé l'arsenal
de ses munitions, appuya son coude sur la
cheminée et pencha son front dans sa
main : l'expression de sa physionomie annonçait une sombre pensée; il tint ses
yeux long-temps baissés à terre et demeura plongé dans un silence dont il sor-

tit par ces mots, qu'il s'adressait à lui-
même :

— La femme est semblable au royaume
du ciel,... — et, relevant sur la belle jeune
fille des yeux étincelants, il ajouta : Qu'on
gagne par la violence !

— Que dites-vous ! s'écria Cécile en cherchant à se dégager des bras du major, qui
s'était élancé sur elle avec la fureur d'un
satyre.

— Je dis que tu ne dois pas voir un outrage dans la violence, ô la plus irrésistible
des femmes ! car c'est la preuve d'un amour
dont tu fis la première subir à mon cœur
la violence.

Sainte-Claire enleva de terre la jeune
fille, et, sans paraître inquiété de ses cris,
il vint, avec sa proie, se placer devant le
fauteuil ; mais, gêné par son rhumatisme,
il cherchait une position commode pour
se débarrasser de son fardeau, sans man-

quer son but détestable. Alors Cécile réussit par un effort désespéré à dégager ses
bras, elle frappa de toute sa force, elle
appuya de tout son poids sur le côté
infirme du major, et lui causa une
douleur si vive qu'il poussa un gémissement et laissa échapper la jolie proie de ses
mains. Cécile tomba sur le carreau ; elle se
relevait et Sainte-Claire se baissait afin de
la ressaisir, quand la jeune fille coura-
geuse... Non ! jamais plus douce brebis ne
lança un coup de tête mieux asséné dans
la poitrine d'un plus insolent bélier ! Le
major chancela, perdit l'équilibre et tomba
à la renverse au milieu du fauteuil. La do-
cile machine, avertie par la pression du
corps, exécuta soudain son jeu : chaque
ressort partit comme un éclair ; des bras
couverts s'étendirent, des griffes cachées
se déployèrent, et le violateur se trouva
embrassé, saisi, accroché dans l'indécente

attitude où sa brutalité avait espéré posséder la chaste jeune fille. Celle-ci, muette de confusion autant que son tentateur l'était de surprise, sentit le dégoût soulever la pudeur jusqu'au fond de ses entrailles par ce coup de théâtre inattendu ; elle rougissait d'un triomphe qui choquait sa vue par ce hideux spectacle de la luxure ainsi prise elle-même dans sa propre embûche ; elle se trouvait profondément humiliée du péril dont elle était inespérément échappée : ...elle s'enfuit donc toute frémissante de pudicité ; et, comme si la nuit n'était pas assez profonde pour cacher sa honte, elle s'enfonça dans les fourrés les plus sombres du parc, où, marchant à grands pas, et, quand elle pouvait, en courant, elle se dirigea toute larmoyante vers une issue dérobée.

Une porte pleine fermait cette partie reculée avec une forte serrure et un lo-

quet solide, qu'on ne pouvait lever du
côté extérieur; mais, quand on avait du
monde au château, cette porte demeurait
fermée seulement au loquet, afin que les
chasseurs de la société pussent sortir du
parc à volonté et battre la plaine. La jeune
fugitive s'engagea à longs pas dans l'avenue de peupliers; mais le ciel n'avait plus
ses chatoyantes étoiles; la lune avait perdu
sa brillante clarté; des nuages gris passaient et repassaient devant son disque
jaunâtre; la neige, tombant à gros flo-
cons, augmentait l'obscurité; le vent
grondait, les arbres gémissaient, sa robe
sifflait, des tourbillons lui fouettaient le
visage; et sa noire chevelure, si coquette-
ment arrangée pour le bal, disparut bientôt sous une froide capote de neige.

Arrivée à l'embranchement de l'avenue
avec le grand chemin, elle ne sut où se
diriger. Paris s'élevait-il à sa droite? était-

il sur la gauche? ou bien devant, ou derrière le château? Elle était venue en voiture au manoir de Grandmaison, et, profondément occupée de ses réflexions mé-
lancoliques, elle n'avait alors rien observé
sur la route. Heureusement, elle entendit
la voix d'un homme qui venait et chantait
à toute gorge un couplet de Béranger.
Elle se dirigea vers le chanteur nocturne:
c'était un maçon attardé; il portait son
auge mise en capuchon sur sa tête, son
sac d'outils pendu autour du cou et sa hachette à la main. Le chant cessa tout à
coup, le voyageur s'arrêta; mais la fugitive, sans remarquer l'impression que son
apparition inattendue avait produite sur
lui, continua de s'approcher, et, d'une
voix à peine articulée sur ses lèvres tran-
sies:

— Voudriez-vous m'indiquer, lui dit-
elle, la route de Paris?

Le jeune ouvrier ne répondit pas à cette
nébuleuse vision ;... elle semblait la fée de
la neige, qui, toute vêtue de blanc, marchait sans bruit sur la terre blanche, et
paraissait, comme une pâle vapeur, se
fondre avec la pâle atmosphère. Cécile ne
put répéter sa demande, tant elle sentait
d'épouvante à se voir ainsi à dix pas d'un
homme, au milieu d'une nuit sans étoiles, et sur un chemin désert. Enfin, elle
fit un effort, et balbutia, comme une âme
désolée : « Paris ? »

Mais l'ouvrier superstitieux tomba sur
ses genoux : « Sainte Vierge, ayez pitié de
moi ! » et, indiquant avec sa main, il
ajouta : « Par là !.. par là..! »

Elle s'éloigna rapidement, effrayée elle-
même de l'effroi que sa vue avait inspiré.
La neige continuait à confondre la route
et les champs dans une même apparence ;
la bise en poussait les tourbillons contre

les marges, et mettait les fossés de niveau
avec la campagne; la suite alignée des arbres, qui traçait le chemin dans un double
cordon, finit tout à coup par une vaste
lacune; alors cette pauvre fugitive, incli-
nant peu à peu de la droite à l'oblique, entra dans la plaine à son insu, y marcha
long-temps, reconnut son erreur, se jeta
dans une ligne opposée, et embrouilla de
plus en plus le fil de sa marche. Découra-
gée, épuisée de fatigue, toute glacée, elle
s'assit sur une de ces bornes destinées à
marquer une délimitation territoriale;
mais elle ne put y rester. Le froid, plus
mordant, se prenait à ses pieds, et semblait
les écraser dans leur mince chaussure;
son imagination l'environnait de fantômes; un assoupissement lourd pesait sur
elle comme une masse de plomb; elle ne
pouvait résister au sommeil, et pensait,
avec angoisse, qu'il pouvait être la mort.

16.

A la fin, sentant que le repos était pire
que l'action, elle reprit sa marche, les
pieds endoloris, toute brisée, sa taille svelte
repliée sur elle-même, et tout son corps
portant sur les deux mains appuyées sur
un échalas. Au bout de vingt longues
minutes, elle crut entendre;... elle s'arrêta,
elle concentra tous ses sens dans un seul
organe, elle écouta, et,... en effet, elle entendit nettement le bruit clair d'un fouet
et le pas étouffé de chevaux trottant sur
la neige. L'espérance lui rendit son courage, elle recueillit toutes ses forces, et se
précipita dans la direction du bruit; elle
semblait, dans la vélocité de sa course,
l'un de ces esprits des nuits d'hiver, qui
effleurent d'un vol léger la surface de la
terre neigeuse ou glacée. A un aspect si
étrange, les chevaux s'arrêtèrent d'eux-
mêmes et, par un mouvement brusque,
se tournant du côté opposé à cette blan-

che apparition, ils prirent aux dents le
mors, que la main tremblante du postillon effrayé leur abandonnait, et ils s'en-
fuirent avec toute la rapidité d'un galop
ventre à terre.

Au moins, la voyageuse abandonnée
dut-elle à cette fugitive entrevue de savoir qu'elle était sur le grand chemin ;
elle chercha des yeux à s'orienter ; elle
aperçut une borne milliaire ; elle s'en approcha, et, moitié avec le secours de la
lune sortie des nuages, moitié à l'aide du
toucher, elle vit et sentit le n° 4. Elle n'a-
vait donc plus qu'à marcher en conser-
vant cette borne à sa droite, et bientôt
elle devait trouver les premières de ces
maisons, qui, s'accôtant aux deux bords
de la route, conduisent aux barrières de
la capitale par une longue avenue d'habitations.

Sur ces entrefaites, Sérange, invité à

danser par madame Grandmaison, avait
eu le temps de réfléchir; il avait choisi
déjà son parti, et, persuadé que le meilleur à suivre était de se montrer à décou-
vert, il avait répondu :

— Je ne puis avoir cet honneur, madame, car je ne sais pas danser ;... et d'ailleurs le caractère...

— Justement, ce caractère vous dis-
pense de savoir danser ! repartit madame
Grandmaison. croyant qu'il voulait dire
le caractère de son travestissement,... vous
n'avez qu'à marquer seulement les figures ;
marchez naturellement avec cet air grave,
c'est une danse de bon goût...sous un costume de muphti.

— Pardon, madame ! je ne me suis pas
fait comprendre : je voulais dire que ma
profession ne me permet pas...

— Je n'en connais aucune qui ne danse
aujourd'hui... un médecin danse, un ma-

gistrat valse,... et si vous êtes l'un ou l'autre....

—Ni l'un, ni l'autre ;... mais... prêtre
indigne... à votre service, ajouta Sérange
avec un accent léger, sans doute involontaire, d'ironie.

—Vous êtes trop bon, répondit-elle sur
le même ton... En ce cas, qu'êtes-vous
donc venu faire ici; car je n'y sache pas
une personne qui ait besoin de se con-
fesser?

— Moi, répliqua l'abbé d'un air solennel, j'y en connais une, au moins, qui
a chargé sa conscience d'une complicité
abominable dans un attentat qui, grâce à
Dieu, ne sera point consommé.

Elle répondit avec dépit :

— Vous en oubliez une autre,... qui eut
l'indignité de s'introduire chez moi afin
d'y faire le vil métier d'espion.

— Cécile Berthaud est ma pupille, madame ; je suis son tuteur, et mon devoir est de garder son innocence comme...

— Comme le chien du jardinier ! interrompit l'ancienne grisette, que la colère fit rentrer dans son style naturel ; il ne mange pas de légumes et ne souffre pas que les autres en mangent !

Son interlocuteur abaissa lentement sur elle un regard qui voulait dire : « Vous êtes la maîtresse de céans, vous êtes femme, et je sais quelles bienséances ces deux titres m'imposent. » Il ôta son masque et son turban, jeta avec dégoût cette livrée de la folie ; un air de gravité sainte fit reparaître à son front toute l'onction du sacerdoce ; et, malgré son costume de muphti, il redevint l'abbé Sérange. Il sortit et se dirigea vers le pavillon. Cette conversation n'avait pu se tenir d'une voix si couverte qu'il n'en eût circulé quelques

mots dans la salle : les danseurs n'obéis-
saient plus à l'orchestre; on se parlait tout
bas à l'oreille; quand l'abbé sortit, les
plus voisins du seuil se glissèrent furtivement sur ses pas; et, la curiosité se pro-
pageant de groupe en groupe, la salle fut
bientôt déserte. Au moment où cette foule
bourdonnante arriva devant la porte du pavillon, il se fit un silence unanime : on
écouta, comme pour entendre les cris
d'une femme qui se débat contre la violence ou les soupirs de la fatigue qui se
résigne à souffrir ce qu'elle ne peut empêcher. On n'entendait que Sainte-Claire :
la chambre de Cécile était toute grande
ouverte, et la clarté ruisselante de l'intérieur venait se refléter sur la muraille et
les marches supérieures de l'escalier. Le
major appelait d'une voix étouffée, dans
la crainte d'être entendu par d'autres que
les domestiques; car il sentait qu'une si

étrange situation prêtait beaucoup au ridicule :

— Philippe!.. Julienne !.. Tonnerre de
Dieu! il n'en viendra pas un!.. Thérèse !...
Antoine !.. Corbleu !.. au moins, si je pou-
vais me débarrasser...

Et il se fatiguait à donner d'inutiles secousses au fauteuil, qui serrait doucement, mais inexorablement sa proie.

Quand les vagues brillantes de la foule
travestie débordèrent dans la chambre,
ce ne fut qu'un éclat de rire parmi les
hommes; ce ne fut entre les femmes
qu'un « O Dieu ! quelle horreur ! » Nous
n'essaierons pas d'esquisser la position in-
descriptible du major étendu dans ce fauteuil qui avait changé sa forme; et dont les
bras abaissés et le dos renversé de niveau
avec le siège imitaient une couchette
tronquée par le milieu. La victime s'y
trouvait saisie, tenue, embrassée dans une

attitude si abandonnée qu'elle ne pouvait
opposer aucune résistance aux tentatives
les plus audacieuses. L'un disait :

— Voilà un plaisant tour!... Sainte-
Claire!.. Sainte-Claire, à qui l'on veut faire
violence!

—Ma foi, répondait un autre! si je con
naissais une vertu au major, ce n'était pas
celle de Joseph!.. Mais où donc est passée
la femme de Putiphar ?

— La fauvette s'est envolée, repartit
une danseuse de l'Ambigu, quand l'oise-
leur s'est attrapé soi-même dans son trébuchet.

— Trêve de plaisanteries! disait le major confus, qui se tordait sur la machine
ingénieuse comme un martyr sur le chevalet et, couché sur le dos, ne pouvait
dérober un seul trait de son visage aux
regards des moqueurs ; c'est assez railler!
tâchez de me tirer de ce filet...

— Ce n'est pas là ce qui m'inquiète,
mon vieux lion, s'écria le colonel en clignant un œil narquois vers les actrices,
puisque nous avons ici des rats pour ron-
ger les mailles.

Pendant cette fusillade de sarcasmes,
l'abbé, grave et triste, ne cessait pas de
lancer au major des regards indignés :

— Monsieur, vous avez honteusement
foulé aux pieds les plus saintes lois de
l'hospitalité, et...

— Et, monsieur, interrompit Sainte-
Claire, commencez par me tirer d'ici, et
ensuite vous aurez tout le temps de me
sermonner... Appuyez le doigt sur ce
bouton carré... Eh bien !.. le voyez-vous ?..
poussez !.. poussez fort !.. Ah ! quelle mal-
adresse !.. Bon !.. Maintenant, dégagez
mes jambes ;.... mettez le pouce sur le
sixième clou à partir du pied ;... pas là !..
plus haut !.. un clou double des autres ;...

pressez... allons donc!... c'est cela!... Faites de même pour la jambe gauche!..

— Maintenant, dit Sérange au major délivré, voulez-vous bien me dire ce qu'est devenue ma pupille..?

— Il me semble que c'est à moi de vous le demander, répondit Sainte-Claire avec le ton du persiflage ; car il est assez évident qu'elle ne m'avait pas mis dans une position très-avantageuse pour courir après elle.

L'abbé haussa les épaules, fendit brusquement la foule et sortit.

— Allons, major ! soyez franc, dit Grandmaison!.. la main sur la conscience!.. fut-ce avant? fut-ce après?

— Belle demande ! répliqua Sainte-Claire avec une indicible fatuité ;... ce fut après...!

Et, pour ne pas donner dans ses yeux plus timides un démenti à ses paroles effrontées, il se mit à rajuster devant la glace les nœuds de sa cravate et les boucles de ses cheveux.

D'un autre côté, Sérange, aidé par le domestique vendu à Léonce, investiguait tous les tenants et les aboutissants du château, il fouillait dans tous les coins où il supposait que la jeune fille aurait pu se cacher ; il allait, il venait, il répétait son nom avec celui de Cécile, mais rien ne répondait nulle part ni à l'un ni à l'autre. En vain espéra-t-il recueillir des renseignements à la porte d'honneur : le concierge n'avait pas vu sortir la fugitive. De là, seul et muni d'une lanterne, il s'en alla explorer les allées du parc, il visita les berceaux, les grottes, les labyrinthes, il aperçut un pied de femme légèrement imprimé sur la neige, il suivit cette trace, il arriva, conduit par elle, à la sortie dérobée du parc ; il s'avança environ le quart d'un kilomètre

dans l'avenue des peupliers, et trouva le
jeune maçon encore tout effrayé de sa rencontre avec Notre-Dame-des-Neiges. Aussi
ne fut-ce pas sans peine que l'abbé réussit
à discerner la vérité au milieu des chimères et des fantômes que les illusions de
la peur avaient groupés alentour. Ce ren-
seignement obtenu, il regagna le château
en toute hâte, il monta dans un fiacre et,
bride abattue, il atteignit sur les bords du
canal la pauvre fille grelottante, qui, dé-
libérant avec elle-même, cherchait à vaincre sa timidité afin d'aller implorer un
asile, jusqu'au retour de la lumière, dans
le corps-de-garde établi à la tête du camp
baraqué entre le pont de Flandre et La
Villette pour les travaux des fortifications
commencées.

Maintenant, ajouta le chanoine en ter-
minant son récit, vous avez le mot de l'é-
nigme ou, pour mieux dire, l'énigme du

mot *travestissement*, ou, si vous l'aimez mieux encore, une note à mettre au bas de ce jour al.

— Ce serait le cas de dire, observa madame de Roulhac, que le commentaire absorbe le texte. Au reste, pour mon compte, je vous en suis infiniment obligée, il y a deux mois passés déjà que mon libraire me persécute afin que je lui écrive un roman : je cherchais une idée sans pouvoir la trouver et vous m'avez donné là d'excellents matériaux.

— Admettrez-vous dans votre plan, dit Alphonse, que la rivalité de Léonce et de Théophile n'a pu rompre ou diminuer leur bonne amitié?

— Non! Dieu m'en garde! je veux jeter au milieu d'eux la jalousie, l'envie, la haine, la perfidie;... Delande sera le mauvais génie de Léonce et de Cécile;... à la fin, il succombe, Bougival affronte le préjugé,...et

la vertu a sa récompense. Voilà, si je ne
m'abuse, le cours naturel du roman.

—Je ne serais pas étonné, observa le chanoine, que leur histoire en suivît une autre.

Après quelques mots jetés là-dessus,
Linville prit congé de la comtesse; l'abbé
s'en fut aussi réciter ses vêpres; et madame
de Roulhac fit dire à sa porte qu'elle n'é-
tait pas chez elle, afin d'esquisser le premier chapitre de son roman.

CHAPITRE VII.

LA PRIÈRE A MARIE
LA PREMIÈRE ÉPITRE DE SAINT-JEAN.

Aussitôt que le narrateur eut prononcé le nom d'Euphémie Digard, Alphonse était revenu sur lui-même dans sa propre histoire, et s'était rappelé cette jolie fille à qui le faux Henri de Tizouailles fit jouer le rôle innocent de sa maîtresse. Cette aimable figure avait ramené dans ses souvenirs un autre personnage, le

17.

digne prêtre d'Auxerre, cet oncle sup-
posé du feint élève en droit. Julie ne
l'avait pas nommé, Alphonse ne l'avait pas
vu ; mais il ne pouvait douter que ce ne
fût l'abbé Sérange, et il s'expliquait maintenant cette nuance affectueuse d'estime et
de bienveillance qu'il avait toujours vue
dans ses regards jetés autour de l'amoureux Linville tempérer l'expression de la
méfiance et du reproche. Ce n'était même
pas la première fois qu'il entendait parler de Sainte-Claire et de Célestine Bigot :
ces noms bien connus venaient de retra-
cer dans sa mémoire cette lettre de ren-
dez-vous que Julie écrivit au major ; lettre
sans adresse que Célestine avait remise,
par une feinte erreur, à Linville, et que
Linville rendit complaisamment lui-même
à l'amant de sa femme.

Linville avait écouté ce récit les yeux
baissés ; sa conversation était contrainte,

son attitude était gênée; il avait honte de
lui-même. Ainsi, il avait répandu sur un
homme de bien une insinuation flétrissante, il s'était adressé à la trompette des
journaux pour donner à sa calomnie une
publicité plus étendue; il n'avait point, il
est vrai, nommé les masques, mais il avait
tourné sur eux insidieusement la conversation, afin de trouver une occasion où il
pût, sinon jeter les initiales de l'abbé Sérange, du moins le peindre avec des traits
si ressemblants qu'il fût impossible de le
méconnaître.

Quand il fut sorti, il n'osa pas revenir
chez lui directement; il craignait de rencontrer son innocente victime, il lui semblait qu'il ne pourrait soutenir les regards
de l'abbé, et sa conscience lui disait qu'il
rougirait à sa vue jusqu'au blanc des yeux.

— Monsieur, lui dit son domestique au
moment où il rentrait dans son apparte-

ment, notre abbé est allé encore tout à
l'heure chez les belles...

—En vérité, Michel, interrompit Linville
avec humeur, je ne sais quel plaisir vous
trouvez à poursuivre ce bon prêtre d'un es-
pionnage aussi contraire à la justice qu'à
la politesse !.. Un homme est maître de ses
actions, j'imagine, quand il ne fait de mal
à personne..!

Son domestique le regarda avec étonnement, car il n'avait qu'exécuté les ordres
de son maître; Linville s'enfonça dans
son fauteuil, lui fit signe de sortir, et
passa le reste de la soirée à s'accuser et s'ex-
cuser tour à tour en lui-même... Le voisi-
nage de l'abbé Sérange lui devenait maintenant incommode; il se trouvait gêné
dans son appartement; il n'osait s'approcher de la fenêtre dans la crainte de paraître s'y mettre en vedette; il s'abstenait
de sortir dans la rue pour ne pas sembler

n'y descendre que dans un but d'espion-
nage, et le sentiment réveillé des conve-
nances lui disait qu'il ne pouvait rester
davantage dans une maison où sa présence
avait l'air d'une surveillance désobligeante.

Il revint donc à sa charmante habitation
de Soissons; il n'avait pas revu ces lieux depuis la mort de son épouse; l'appartement
de Julie fermé à la clef était resté dans l'é-
tat où il se trouvait au jour funèbre: son lit
même n'avait pas été refait; mais le temps
avait affaibli ce qu'il y a d'aigu dans les
premières impressions et fondu tous les
souvenirs dans une douce mélancolie. Il
fut étonné de n'éprouver en lui-même ni
aversion, ni dégoût, ni le plus léger mouvement de répulsion pour les enfants de
Julie, mais au contraire de sentir dans son
cœur l'intérêt le plus sympathique et l'affection la plus tendre: c'est que la mort
avait brisé la chaîne qui liait sa vie à leur

mère, et que les souvenirs purs d'un mariage écoulé dans la continence n'avaient
laissé aucune impression révoltante, qui
mêlât son dégoût dans l'effusion des sentiments fraternels.

Linville partageait là son temps entre
leur éducation, des amusements avec eux,
la promenade et la rêverie. On avait rou-
vert la porte de communication entre les
deux jardins; ordinairement il ne faisait
que traverser le sien et passait dans le jardin de mademoiselle d'Hangest, où il par-
courait lentement toutes les allées, s'asseyait
au bord du ruisseau, visitait les endroits
qu'elle avait le mieux aimés, et con-
templait cette maison abandonnée, silencieuse, dont les portes et les fenêtres étaient
fermées comme après un décès. Marie cependant vivait encore; elle atteignait cette
année le terme de ses vœux... Mais le
temps avait, dans sa marche, frappé au-

tour de lui tant de chères affections, que
souvent il se sentait pris tout à coup par
une vague inquiétude, un découragement
indéfinissable, une indicible défiance de
l'avenir. Il s'accusait alors de laisser perdre
son souvenir dans le cœur de Marie. Ne
devait-il pas, avec tous les moyens de la
force, de la ruse ou de l'amour, empêcher
qu'elle ne contractât un nouvel engagement de cinq années ?

Il recommença donc à tourner ses yeux
vers le chemin de Paris : mademoiselle
d'Hangest peut-être n'y demeurait pas,
mais, comme c'est le centre où arrivent et
d'où viennent tous les renseignements, il
pouvait y découvrir mieux qu'ailleurs dans
quelle congrégation la sœur Gabrielle avait
passé.

Linville, impétueux dans ses résolu-
tions, comme sont toujours les hommes
dominés par une grande passion, ne dif-

féra son nouveau projet de retour que le
temps strictement nécessaire pour expé-
dier ses affaires les plus urgentes. Il fit
partir son *groom* devant lui à petites jour-
nées pour ne pas fatiguer ses deux chevaux de selle, et lui-même, enfin débar-
rassé, vint avec son Michel prendre les
deux places qu'il avait retenues aux dili-
gences de Paris.

Un vieillard décoré, au front chauve, à
la blanche moustache, occupait le fond
du coupé; un abbé se plaça au milieu et
Linville s'assit dans le coin à sa gauche. Il
aimait à se sentir bercé par le balancement
d'une voiture dans une vagabonde rêverie. Le grand air, le spectacle de la route
animée vivifiaient son sang; ses idées pé-
tillantes, variées, fantastiques prenaient
la teinte de tous les incidents, et son imagination se prêtait d'elle-même aux diver-
ses impressions des lieux. Il pensait da-

vantage, il vivait plus; mais cette sura-
bondance de vie intime semblait absor-
ber chez lui tous les organes de la vie ex-
térieure, il voyageait en silence, et ce lui
était une fatigue de parler en voiture. Un
riant paysage lui faisait rêver une existence patriarcale, une vie champêtre où
ses jours coulaient comme des idylles,
aussi limpides que ce ruisseau, frais comme
l'herbe de ces prairies, embaumés comme
les fleurs de ces jardins, gazouillant
comme les oiseaux de ces bocages, purs
comme le lait de ces troupeaux, doux
comme le miel de ces abeilles. — La scène
avait-elle changé; la voiture gravissait-elle
une route montagneuse dans un site sau-
vage; l'imagination du voyageur s'accro-
chait aux pointes des rochers, se penchait
aux bords des précipices, s'élançait au
sommet du cap désert, et y construisait
le songe d'une vie solitaire, où l'âme, éle-

vée par l'immensité de l'horizon que la
vue embrasse dans le ciel, sur la terre et
sur les eaux, cherche dans la méditation
un fil qui mène à la vérité, si obscure dans
la nuit des préjugés et des passions, si
claire au jour du cœur et de la raison!
— Ailleurs avait-il reconnu des lieux
qu'il avait déjà traversés quelques années
auparavant, le souvenir ramenait son esprit dans le passé : le temps, stérile pour
lui seul, avait marché et n'avait produit
que des années! Il soupirait;... mais, laissant flotter la nacelle de ses idées au souffle d'une chimère amusante, il redescen-
dait avec elle le fleuve de la vie; il repre-
nait ses dix-huit ans, il rebâtissait l'édifice
d'un nouvel avenir avec une main plus
sage et plus discrète... Qu'importe, après
tout? Ne faut-il pas toujours s'en venir
échouer à cet écueil où l'on doit tout quitter : sa famille, ses clients, ses richesses,

et même sa gloire ; car que fait la gloire à
des ossements insensibles ou qu'importe
dans le ciel et l'oubli et le souvenir de la
terre !

L'abbé, peu encouragé par les réponses
polies, mais brèves de Linville, ouvrit son
bréviaire, feignit d'en lire une ou deux
pages, glissa un regard obliquement vers
son autre voisin à droite, se plaignit du
froid et demanda s'il était indifférent à
monsieur que la glace demeurât levée. Cette
flèche banale jetée pour atteindre la conversation manque rarement son but ; elle
ne tomba pas à terre cette fois, et l'entretien noué continua jusqu'aux barrières de
Paris. Alphonse en recueillit malgré lui
quelques mots çà et là, suivant que sa rêverie moins abstraite le reportait des espaces
imaginaires dans les réalités du coupé.

L'abbé était un de ces prédicateurs en
renommée, qui venait de répéter à Sois-

sons trois ou quatre sermons qu'il avait
dits à Marseille, redits à Besançon, impor-
tés dans Paris, exportés à Toulouse, dé-
portés à Pont-sur-Yonne, transportés à
Bordeaux, colportés de cathédrale en cathédrale dans nos quatre-vingt-six dépar-
tements, reportés de la province dans
Paris ou rapportés de Paris dans la province; et qui, se renouvelant ainsi toujours de charitables auditeurs, allait sans
autre bagage que ses nomades sermons
prêcher une retraite au collége de Beuvronville. — Le vieillard était un ancien
officier-supérieur qui venait à Paris solli-
citer un procès gagné par son adversaire
en première instance, perdu en cour
royale et porté sur appel en cassation.

On arrive, on descend. — Michel faisait
décharger les malles de son maître, le vieux
militaire attendait une voiture, l'abbé, qui
n'avait rien à attendre, saluait et s'en allait.

— Monsieur l'abbé, dit l'homme à la moustache blanche, vous voudrez donc bien ne pas oublier à Beuvronville de présenter mon hommage à la sœur Gabrielle?

— Permettez-moi, répondit l'abbé avec une inclination gracieuse, de vous demander le nom de la personne qui veut bien me charger de ses compliments pour elle?

—Le général de Pontigny, qui fut lieutenant-colonel dans les Cent-Jours au sixième régiment des hussards.

Linville, à cette réponse, resta si frappé d'une agréable surprise, qu'il fut d'abord tenté de croire à une illusion de ses oreilles. C'était à la tête de ce même régiment que le colonel d'Hangest avait trouvé une mort glorieuse à Waterloo. C'était donc à sa propre fille que le voyageur décoré envoyait ses compliments. Ainsi, Gabrielle demeurait au collége de Beuvronville! Alphonse devait-il profiter de cette

découverte? A la vérité, il avait promis
que jamais il ne chercherait à savoir
dans quel pays elle s'était retirée; mais
aujourd'hui, et dans cette cour des Messageries, c'était la complaisante fortune qui
venait d'elle-même, sans qu'il eût cherché, sans qu'il eût demandé rien, lui apprendre sa retraite, et Linville ne s'était
pas engagé à se faire un scrupule d'utiliser les heureux hasards qui pourraient lui
donner spontanément cette connaissance.
L'amour, qui est le plus complaisant des
casuistes, eut bientôt levé ses incertitudes.
Il connaissait de réputation le collége de
Beuvronville : il lui vint à l'esprit d'y placer le fils aîné de Julie. En attendant, rien
n'empêchait qu'il n'allât demain à Beuvronville comme pour s'informer des conditions et constater par lui-même la
bonté de la discipline, la force des études
et la salubrité du local : sa qualité de

père et son intention de mettre un fils
dans cette vieille institution étaient une
garantie qu'il pouvait y compter sur une
honnête réception. Il se fit donc instruire
de la rue où l'on trouvait les voitures.

Il avait retenu sa place au bureau,
quand la diligence de Beuvronville arriva
avec ses trois chevaux en arbalète. Les
voyageurs descendent;—un seul paraissait
venir du collège. La directrice lui témoi-
gna son étonnement de le voir à Paris
dans une telle circonstance.

—Ma foi! répondit l'arrivant; j'ai pro-
fité de la retraite pour faire ma retraite
de Beuvronville.

— Tant pis! dit-elle en souriant; vous
manquez une excellente occasion de vous
sauver.

— Au contraire, murmura-t-il, je me
sauve... dans l'Université!

II.   18

Alphonse regarda ce jeune homme, dont la légèreté de langage contrastait avec des apparences physiques un peu lourdes, et comprit, dans le peu de mots jetés à la volée entre la directrice et lui, qu'il désertait la chaire de rhétorique à Beuvronville, et qu'il était nommé professeur de seconde au collège de Blois. Cette nouvelle modifia ses idées; il renonça même entièrement au projet d'amener son petit Jules à Beuvronville, et conçut un nouveau plan : c'était de se présenter lui-même pour occuper la chaire vacante au collège. Il avait besoin de recommandations, il crut les trouver chez le vicomte de Valhoudiard ; il remonta donc en voiture et jeta l'adresse au cocher : « rue Caumartin, n° 22. »

— Oui, répondit le vicomte à la requête d'Alphonse; je suis un ancien élève de Beuvronville, mais je n'y connais plus

âme qui vive; tout est renouvelé de fond
en comble; aussi, changement pour changement, j'ai choisi le collége Henri IV
pour mon fils Edouard... Attendez! con-
tinua-t-il comme frappé d'une heureuse
idée.. Le marquis de Toussacq est l'homme
du monde le plus répandu; il est impossible qu'il ne connaisse pas vos messieurs
de Beuvronville; c'est la bonté même;
ce lui sera un sensible plaisir de vous
donner pour eux une lettre aimable.

Le vicomte sortit avec Alphonse, et
monta dans sa voiture; on partit, et l'on
arriva rue de Grenelle-Saint-Germain.
Le marquis venait de se lever, et il ache-
vait, aidé par son valet de chambre, une
élégante toilette du matin.

— Je n'ai aucune relation avec ces
messieurs, répondit le marquis de Toussacq;... mais... je connais un savant modeste, le plus ancien ami de l'abbé Cham-

pignelles, qui est, vous savez, un des
prêtres-associés de Beuvronville;.. il est
fort obligeant;.. voulez-vous que j'aie l'honneur de vous accompagner chez lui?

Le vicomte de Valhoudiard se retira;
Linville fit au marquis de Toussacq les
honneurs de son coupé à l'heure et descendit avec lui rue Saint-Louis chez M. Gi-
raudais, qui, faute d'une meilleure qualité,
avait pris celle d'homme de lettres. Le
savant du Marais fit rouler vers eux des
fauteuils, remit dans les rayons de sa bibliothèque le *Sama-Veda*, sur lequel il était
occupé à lever des notes, et reçut leur visite avec une civilité empreinte d'une affectueuse mélancolie.

Il y a long-temps que je n'ai vu l'abbé
Champignelles, répondit l'indianiste : je
suis devenu entièrement un homme de retraite et d'étude; plus je marche dans la
vie, plus l'expérience me fortifie dans la

conviction que les hommes ne ménagent
et ne servent que ceux dont ils ont quelque chose à espérer, ou dont ils ont quelque chose à craindre, ou dont la liaison a
quelque chose qui puisse flatter leur amour-
propre ou plutôt leur vanité. Malheureusement, je ne suis dans aucune de ces trois
catégories;.. mais... je connais le comte de
Chaalis; il a trois fils au collége de Beuvronville; sa recommandation est toute-
puissante; voulez-vous que j'aie l'honneur
de vous présenter chez lui?

La proposition est acceptée avec reconnaissance; le marquis de Toussacq s'en va
d'un côté et Linville d'un autre, sous les
auspices de son nouvel introducteur.

Le comte de Chaalis sortait de son magnifique hôtel, rue du Faubourg-Saint-
Honoré: un grand laquais doré lui ouvrait
même la portière de sa calèche; il eut l'ex-
quise politesse de remonter dans son salon

et de jeter sur une feuille de papier ar-
moriée quelques lignes des plus élogieuses.
Il louait beaucoup Alphonse, qu'il n'avait
jamais vu; il vantait ses talents distingués
sans les connaître, ses rares vertus, dont
il n'était pas informé, et sa famille hono-
rable, de laquelle, tant il était pressé, l'o-
bligeant protecteur ne s'arrêta point à demander le nom.

—Monsieur, lui dit-il, je souhaite que vos
démarches aient tout le succès que vous
désirez, et j'espère aller moi-même dans
peu vous recommander à mon tour mes
trois excellents paresseux au collège de
Beuvronville.

Alphonse, revenu chez lui, passa le reste
du jour, non dans la joie impatiente des
grandes passions, mais dans la douce situation d'un cœur et d'un esprit satisfait,
car une idée sérieuse vint tempérer ses rêves d'amour. Il n'était pas un philosophe

incrédule, mais il s'en fallait de beaucoup
qu'il fût un dévot croyant : cette position
indécise était périlleuse; d'ailleurs, une
des plus grandes infortunes de l'homme,
c'est le doute. Il désirait la foi; il avait
cherché, il avait demandé la foi dans ses
prières; il s'était approché de ceux qui en
ouvrent les sources; malheureusement, il
n'avait jamais trouvé que des natures sans
aucune sympathie avec la sienne. Aussi,
son entrée dans le collége ecclésiastique
de Beuvronville, si l'espérance, qu'il avait
d'être accepté pour la chaire vacante, n'é-
tait pas entièrement déçue, lui sembla-t-
elle une disposition bienveillante de la
Providence, qui lui ouvrait elle-même une
maison où devaient ruisseler partout ces
eaux vives et rafraîchissantes, « dont celui
qui a bu n'a plus soif : » car il a vidé la
coupe de toute science et de toute vérité.

Le directeur du collége, l'excellent abbé

Dosmond, accueillit Linville avec une obli-
geante politesse; il déchira le cachet, ouvrit
l'enveloppe, et lut d'un seul regard tout le
contenu du billet.

— C'est une lettre du comte de Chaalis, fit l'abbé Dosmond avec une gracieuse
inclination de tête.

— Oui, monsieur; un ami... d'un
ami... d'un de mes amis.

— C'est ce qu'il me dit;... et... vous
êtes... professeur...?

— Je suis avocat à la cour royale de
Paris, mais je veux me retirer du barreau
et vouer ma vie à l'enseignement.

— Ce sont deux carrières également
nobles; cependant l'une est plus brillante
et moins ingrate que l'autre.

— C'est vrai! mais un motif puissant,
religieux même...

— Religieux! interrompit le directeur...

—Oui, monsieur ;... je suis une brebis égarée, qui veut rentrer au bercail.

— Elle n'est donc pas perdue, monsieur, dit l'abbé avec un sourire encourageant, puisqu'elle revient d'elle-même à la bergerie.

— Si ! j'en fais l'aveu : elle erre encore haletante et transie dans les ronces du doute.

— Eh bien ! monsieur ; nous savons ce que nous enseigna notre maître : nous irons la chercher et nous la rapporterons nous-même sur nos épaules.

— Dieu le veuille ! répondit Linville, car un des plus grands malheurs de l'humanité, à mon avis, c'est l'incertitude en matière de religion.

—Et je vous félicite de penser ainsi, repartit l'abbé, car il est facile de guérir le mal, quand la disposition du malade vient en aide à la guérison...

Ici l'entretien fit une halte dans le silence. Linville se recueillit en lui-même, embarrassé qu'il était pour remuer sans rien casser ce qui restait à expliquer dans sa position intime; tandis que l'abbé Dosmond taillait en idée sa plume et écrivait dans sa pensée à l'*Univers* : « Si le panthéisme déplorable, dont l'Université infecte les esprits de nos enfants, a creusé un abîme dévorant sous les pieds de la société, on peut dire aussi que l'Église ressent tous les jours de saintes consolations. Un jeune et brillant avocat du barreau parisien, monsieur... » Ici l'abbé tomba dans le vide : il ignorait le nom de ce nouvel enfant prodigue, pour qui il faisait déjà tuer le veau gras dans son esprit; et cette lacune le fit aussitôt rentrer dans la conversation. Il chercha ce nom sur la lettre, ne l'y trouva point, et pria son nouvel agrégé de lui dire comment il se nommait.

Alphonse n'avait pas encore songé s'il garderait son nom à Beuvronville ou s'il en prendrait un autre, il n'eut que le temps d'y faire un léger changement et répondit qu'il s'appelait Alphonse de Limbourg; peut-être afin que ce nom composé d'idées identiques à celles du sien fît penser Gabrielle au nom de Linville, et que le souvenir du nom préparât son esprit à l'espérance de revoir la personne par un de ces pressentiments ordinaires aux amants.

Ce fut donc ainsi que Linville fut admis comme professeur de rhétorique au collége de Beuvronville. Sait-on bien ce qu'est un vrai maître de rhétorique? Un homme hérissé de grec et de latin! — Du tout, hors de sa classe il ne semble pas même avoir la conscience du grec ni du latin, il n'en cite jamais; car ce qui ne messied pas dans une autre bouche peut revêtir sur ses lèvres les apparences du pédantisme. Mais;

hors du monde, il reprend son latin et
son grec en homme de goût, en orateur et
en poète. Il a su de bonne heure qu'il ne
devait rien ignorer des beaux génies qui
font l'orgueil et les délices de sa patrie; il
a lu tous les chefs-d'œuvre des langues
étrangères; il est même versé dans les lettres orientales, autant du moins que le permet l'instruction encore adolescente de l'âge
où nous vivons. Il est persuadé qu'aujour-
d'hui les grands modèles de Rome et d'A-
thènes ne peuvent offrir un intérêt vivace,
s'ils ne sont comme un texte qui rattache
le cours d'une littérature spéciale à l'uni-
versalité des littératures comparées. Aussi,
n'est-il pas une seule de ses *versions*, grec-
que ou latine, qui n'ait un rapport essen-
tiel avec un extrait analogue pris dans un
chef-d'œuvre des littératures modernes,
soit indigène, soit exotique. Homme d'une
élocution riche et naturelle, élégante et

simple, ruisselante et limpide, sa mémoire
s'ouvre d'elle-même au plus léger contact
d'une idée. Homme de la composition éla-
borée, il est surtout l'homme de l'impro-
visation spontanée: il sent et il exprime; ce
qui n'est pour lui que les deux parties si-
multanées d'une seule chose. Il aspire la
poésie par tous les sens, il la transpire par
tous les pores; il souffle sur la semence
qu'il rencontre dans les ronces d'une *co-
pie*, et le germe s'ouvre, il pousse en herbe,
il croit en tige, il s'allonge en branches,
il se développe en feuilles, il s'épanouit en
fleurs azurées, blanches, roses, panachées,
odorantes; la fleur se tourne en fruit, d'a-
bord vert, puis mûrissant, se colorant au
soleil, pourpre, doré, velouté, embaumé,
savoureux.

Il semblait que la bonne fortune de
Linville se fût chargée de lui choisir elle-
même un appartement. Les vues de son

cabinet et de sa chambre étaient sur un
avant-parc, qui serpente et verdoie en jardin anglais, au centre de la façade et sur
l'axe du perron, de sorte que personne ne
pouvait entrer ni sortir sans passer sous les
croisées de Linville. Son regard d'amant eut
bientôt apprécié les avantages d'une telle
position : il fit porter sa table vers la fenêtre,
et s'y installa dès ce jour comme enfoncé
dans une étude opiniâtre ; mais ses yeux
étaient moins attentifs à suivre les pages de
son livre qu'à observer ce qui allait et venait
au dehors, en bas, dans le parc ou dans la
cour. A peine sorti du réfectoire ou de sa
classe, il courait vite reprendre à sa fenêtre le poste où l'amour l'avait mis en faction. Un mois, six semaines, deux mois
s'étaient écoulés, souvent il aperçut Gabrielle entrant ou sortant ; quelquefois il
la vit, se promenant dans le parc, donner
le bras à une religieuse octogénaire et

sourde, madame de Saint-Vallez; plus
d'une fois ils avaient passé l'un à côté de
l'autre : mais elle, marchant toujours les
yeux baissés, ne l'avait pas vu ; et lui, il
n'avait point osé l'aborder. D'ailleurs, se
souvenant du temps passé, où la scrupuleuse jeune fille avait remis à la supérieure,
sans la lire, sa lettre en italien, il craignait que Gabrielle ne découvrît son secret au directeur et qu'il ne fût obligé de
quitter cette maison, où il était si heureux
de la voir à son insu et de vivre inconnu
auprès d'elle.

Il avait laissé Michel et son *groom* à
Paris dans la crainte qu'un air de gran-
deur et d'opulence n'excitât les soupçons,
mais il avait associé au garçon de pen-
sion chargé de faire son petit ménage un
vieux serviteur de la maison, auquel il con-
fia le soin particulier de sa garde-robe. C'é-
tait le bonhomme Ramin. D'abord garçon

tailleur dans le collége, ensuite chasseur
dans Champagne-cavalerie, où son aiguille
avait tiré plus de sang que la pointe de son
sabre; de là, sergent-instructeur dans l'école
militaire de Beuvronville; puis, estafette à
pied du collége, poudreux ou crotté, suivant l'humeur des saisons; Ramin, depuis
que la vieillesse avait enrayé ses jambes,
était remisé dans une chambre où il avait
pour seule occupation d'attendre que la
voix argentine d'une sonnette l'avertît
d'aller recevoir une commission de l'un
ou l'autre directeur; vieillard excellent, et
prisant assez les biens du Seigneur pour
ne pas jeter par la fenêtre un verre de
vin, quoiqu'il n'eût guère eu dans sa vie
que deux plaisirs d'habitude : culotter une
pipe ébréchée comme sa bouche et dé-
coudre un air de sa façon sur un violon
de pacotille. Septuagénaire, et parvenu à
cette époque de la vie où la vieillesse a de-

puis long-temps effacé les sexes, il devait
à cette faveur des années le privilége d'aller et de venir dans la partie du collége réservée aux religieuses, qui avaient coutume
d'employer ses services à tous les instants
du jour, comme ceux d'une créature
qui possède enfin le vénérable avantage
d'être sans conséquence.

Un dimanche, Ramin, suivant son habitude, vint avant la messe pour lui préparer sa toilette : il portait un livre qu'il
posa sur le bureau de Linville.

— Qu'est-ce que c'est que ce livre, dit
celui-ci quelque temps après avec la plus
grande indifférence?

— C'est le bréviaire de la sœur Gabrielle.

— De la sœur, s'écria Linville !.. Gabrielle?

— Oui !... je l'ai rencontrée qui allait à
l'ouvroir, elle m'a dit : « Ramin, j'ai oublié

mon livre; allez! vous le trouverez sur
mon prie-Dieu et vous me l'apporterez
dans la chapelle à l'heure de la messe. »

Alphonse demeura dans l'extase : que
de fois les blanches mains de cette fille
charmante avaient touché ce bienheureux
livre! que de fois ces pages saintes avaient
frémi sous ses pieux soupirs ou s'étaient
crispées au gonflement de son sein dans
une mélancolique aspiration vers le ciel!
Il vit la trace d'une larme sur un feuillet,
il fut tenté de la baiser... Ensuite, il étouffa
entre ses lèvres un sourire, que lui fit naître une idée subite, et se dit à lui-même :
« Si je lui faisais porter dans ce livre, sans
qu'il en sût rien, une lettre à la sœur Gabrielle!... » Il ouvrit sa boîte à violon et
demanda :

— Ramin, savez-vous qu'il y a ici un
écho?

— Quel écho, monsieur?

— Parbleu, un écho du plus bel effet !
j'en ai fait la découverte hier.

Et lui mettant le *Stradivarius* dans les
mains, il lui montra le parc à l'endroit où
il grimpe en amphithéâtre vers le plateau
qui est surmonté par la maison du jardinier.

— L'écho est là !... entendez-vous ? il a
répondu *là* !... Voyons ! faites-le parler ;...
jouez un peu !

Et l'encourageant avec un rire de joviale
humeur :

— Allons, mélodieux père ! que l'écho
tressaille à vos notes enchanteresses !

— Monsieur plaisante, dit le vieux tailleur incertain s'il devait rougir de honte
ou d'orgueil.

— Moi, non !... tenez !... mettez-vous là !

Linville plaça devant la fenêtre le bon
vieillard, le visage faisant front au parc et
le dos tourné à son bureau.

— Eh bien!... commencez, Ramin!...
Qui est-ce qui vous empêche de jouer?

— C'est que je n'ose devant vous, monsieur de Limbourg! vous allez vous mo-
quer!

— Bah!... c'est trop de modestie!... Allons donc!

Et, pendant que le vieux ménétrier
tourmentait ses cordes, Alphonse jeta quelques lignes à la hâte sur une demi-feuille
de papier vélin, parfumé d'encens et dévotement encadré avec une vignette ca-
tholique. Quand il eut achevé d'écrire, il
plia son papier en deux, et le mit dans les
pages du bréviaire, à l'un des endroits les
plus fréquentés du livre. Dans le même
temps la cloche en branle sonna la messe
de communauté:

— Ah! s'écria Ramin;... et la sœur Gabrielle qui attend son livre!

Il serra le violon dans la boîte, il mit le
bréviaire sous son bras, il courut, ou plutôt il crut courir avec ses jambes septua-
génaires. — Alphonse s'habilla promptement : il descendit à la chapelle et se plaça
doucement à deux pas derrière la chaise
de la sœur Gabrielle. Il observait tous ses
mouvements ; et bientôt il vit la jeune religieuse, dans un de ces courts moments
où l'on remplit les intervalles de la messe
avec des oraisons et des méditations parti-
culières, chercher une prière dans son livre, déplier le vélin embaumé et le parcou-
rir mentalement ; car, soit qu'elle fût abusée
par le titre ou préoccupée de ses pensées
dévotes, elle n'avait pas remarqué d'abord
l'écriture d'une main très-peu déguisée,
ni réfléchi par quel hasard ce papier inconnu se trouvait dans son livre d'of-
fices. D'ailleurs, l'amant rusé avait donné à
son billet cette forme d'oraison :

PRIÈRE DE COMPONCTION A MARIE.

« Je vous salue, Marie, pleine de grâces, l'affliction est avec moi, et c'est ma
faute, c'est ma faute, c'est ma très-grande
faute!... Mais vous êtes encore l'espérance
du pécheur ; et vous savez que celui que
nous devons aimer par-dessus toutes choses, a dit qu'il faut pardonner jusqu'à sep-
tante fois sept fois... Rouvrez-vous donc
au pécheur repentant, heureuse porte de
mon ciel, où j'ai goûté dans l'innocent
amour un bonheur ineffable!... Vase de
chasteté, que je n'ai pas craint de ravir
dans une heure de passion sacrilège ! un
seul instant ne s'est pas écoulé depuis sans
m'apporter une souffrance : souffrirai-je
encore tous les jours de ma vie ?... Regrets
dans le passé, amertume dans le présent,
désespoir dans l'avenir !... Miséricorde, Ma-

rie, miséricorde!... Retournez-vous et
voyez! je suis agenouillé à vos pieds sur
la même dalle, prosterné devant le même
autel... O Marie, regardez-moi et vous aurez pitié ;... regardez-moi !.. et soyez bénie
entre toutes les femmes. »

A mesure que Gabrielle avançait dans
cette prière, il lui semblait que les paroles s'en adressaient moins au ciel qu'à la
terre...Elle éprouvait à les lire un scrupule,
vague d'abord, et moins confus vers la fin.
Aux dernières lignes, elle rougit et pâlit;
elle avait pénétré ce mystère... C'était lui!..
elle n'en pouvait douter! La prière était
scellée au bas avec un cachet à l'emporte-
pièce où ressortait en bosse un chiffre
composé des trois lettres A, M, V, entre-
lacées comme les initiales de cette devise,
si fréquente à Beuvronville, *Ave, Maria
virgo*, pieux monogramme que les ora-
toriens avaient encadré dans leur écus-

son comme des armes parlantes. Mais ce
mariage de lettres signifiait simplement
ici : *Alphonse-Marie-Victorine*, et c'était
avec ce chiffre, emblème de fiançailles,
que nos jeunes amants cachetaient leurs
billets de l'un à l'autre avant que l'orage
eût éclaté sur leurs amours.

Elle ferma son livre ; elle n'osa ni dé-
chirer le papier, ni le froisser, ni le jeter
à ses pieds : cette action eut trop manifesté
qu'elle avait lu et compris. Il était donc
là !.. derrière elle !.. sur la même dalle !..
écrivait-il. Elle n'osa plus se permettre un
seul mouvement dans la crainte de rencontrer Alphonse du regard ; elle demeura
immobile, épouvantée de l'idée qu'au plus
léger dérangement elle pourrait sentir
l'habit de ce jeune homme frôler un pan
de sa pèlerine ou de sa robe... Elle se mit
à dire son rosaire, et fut saisie d'effroi ;
elle s'aperçut que ses lèvres en récitaient

les paroles, mais que ses idées erraient
dans un passé où son Alphonse oublié se
mêlait aux tableaux les plus suaves de sa
vie. Une froide épouvante la prit au cœur,
quand elle reconnut que le souvenir
qu'elle en croyait banni n'était qu'en-
dormi et se réveillait en sursaut. Elle
ferma ses paupières, et n'en vit que plus
près et sans les entours de la foule l'image
qu'elle s'étudiait à fuir. Elle chercha son
crucifix à son côté, et voulut distraire ses
yeux par la vue d'un Dieu souffrant pour
les péchés des hommes; mais son esprit
était si profondément ébranlé, qu'elle vit
se dessiner dans les traits du Christ le visage pâle et mélancolique d'Alphonse
étendu sur la croix de son amour. Elle
se sentit défaillir dans son corps et dans
son âme, car elle s'aperçut qu'elle était
saisie d'un tremblement convulsif, qui
croissait d'autant plus qu'elle travaillait

davantage à le dominer. Alors elle laissa
tomber son front sur une chaise ; elle cacha ses yeux dans ses mains et pleura.
Elle pleura longtemps, et son cœur en fut
soulagé... Elle put se lever quand elle vit
les dames se retirer ; mais elle était si faible, qu'elle fut obligée d'appuyer sa main
sur le bras d'une sœur ; elle sortit de la
chapelle à pas chancelants, les yeux baissés ou plutôt fermés ; et néanmoins, quand
elle passa ainsi devant le jeune professeur,
elle vit par un effet de cette intuition ma-
gnétique, inexpliquée comme inexplicable,
que possèdent souvent les âmes pénétrées
d'un profond amour, elle vit Alphonse debout, lui jeter un coup d'œil empreint de
tristesse, de repentir et d'espérance... Il
n'était donc pas entièrement oublié dans
ce cœur si pur et si tendre, puisque sa
présence y causait un trouble si peu dé-
robé à ses yeux !

Parvenue dans l'appartement de madame de Boismont, Gabrielle laissa toutes
les dames se retirer; et, quand elle fut seule
avec la supérieure, elle prit sa main, qu'elle
porta respectueusement à ses lèvres. Madame de Boismont attira la religieuse affli-
gée sur ses genoux, et la baisant au front:

— Tu souffres, mon enfant, et je crois
le deviner; cette souffrance te vient du
monde!

Gabrielle pâlit, et, cachant son visage
dans le sein de la supérieure, elle lui ra-
conta sa touchante histoire. Arrivée à l'é-
vénement de ce jour, elle fut interrompue;
et madame de Boismont, obligée de la
quitter, ne connut pas alors que Linville,
sous le nom de Limbourg, avait trouvé
un moyen de s'introduire au collége. Le
lendemain, en se levant, mademoiselle
d'Hangest apprit (ce qu'elle regarda comme un autre malheur dans la situation dé-

licate où elle se voyait entraînée par la témérité de Linville) que la supérieure venait de partir à l'instant même d'une manière tout imprévue pour un voyage de
sept jours au plus ; mais où devait l'accompagner,...qui?—Le confesseur de Gabrielle,... par une nouvelle contrariété de sa
mauvaise fortune ! Ainsi l'innocente jeune
fille se trouvait dépourvue de tout conseil, car elle n'en pouvait demander à sa
vieille amie sourde au point de n'entendre les mots qu'avec le secours d'un cornet ; ce qui était un intermédiaire trop in-
discret pour une confidence d'amour.

Tous les jours, après son dîner, madame de Saint-Vallez, appuyée sur le bras
de Gabrielle, allait s'asseoir sur un banc cir-
culaire qui embrasse les vastes flancs d'un
marronnier, et là, comme sa triste surdité
la privait du plaisir de converser, elle essayait de remplacer, au moins pour elle-

même; cette douce jouissance par une lecture à haute voix, que sa jeune compagne
écoutait avec une sainte complaisance.
Alphonse avait remarqué cette habitude,
et, cherchant avec soin toutes les occasions
de s'approcher vers mademoiselle d'Hangest, de lui glisser ou d'en recevoir quelques paroles, il traversait tous les jours à
cette même heure l'allée du vieux marronnier, et se dirigeait vers les endroits écar-
tés du parc supérieur, où il se trouvait si
bien parce qu'il pouvait y converser seul
à seul avec son amour!

Enfin cette occasion désirée vint d'elle-
même se présenter à lui. Il avait salué les
deux amies assises au pied de l'arbre sécu-
laire et passait devant elles. Le salut de la
jeune sœur fut, comme à l'ordinaire, embarrassé et timide; mais l'aimable octogénaire avait mis dans le sien cette grâce affectueuse que les vieillards ont souvent

avec les jeunes gens d'un autre sexe, soit
réminiscence d'amour, soit envie de se sur-
vivre dans un suave souvenir de cette belle
jeunesse, à qui appartient ce long avenir
dont le temps nous ferme la porte sans pitié; mais, dans l'attitude élégante qu'elle
essaya de prendre, son livre tomba de ses
genoux par terre et le jeune rhéteur se hâta
de le relever; c'était le *Nouveau Testament,*
ouvert à la première épître de saint Jean.

— Monsieur, lui dit madame de Saint-
Vallez, serais-je indiscrète si je vous priais
de continuer ma lecture?.. Mes oreilles
malheureuses n'auraient pas le plaisir de
vous entendre; mais je sais par cœur tout
saint Jean, et je pourrais du moins vous
écouter des yeux.... Sans doute, c'est abuser!..

— Abuser; repartit Alphonse! Dites
combler mes vœux.

Il s'empressa de prendre à côté d'elle

une place qu'elle lui offrit sur le banc, il baissa les yeux sur les pages, et lut d'une voix émue :

« Ma bien-aimée, aimons-nous.... Tout homme qui aime est né de Dieu, et il connaît Dieu. Celui qui n'aime point, ne connaît pas Dieu; car Dieu est amour. »

— Pardon, interrompit l'aimable octogénaire, qui suivait de ses yeux attentifs chaque mouvement des lèvres, il me semble, monsieur, qu'il y a des mots que je n'ai pas vus éclore sur votre bouche.—Et elle ajouta avec tristesse : « Que le sens de la vue est imparfait, hélas! pour entendre! »

En effet son lecteur avait passé des mots, soit par émotion, soit pour changer l'apôtre de charité en apôtre d'amour. Mais, à la réflexion douloureuse qu'elle jeta sur son infirmité, l'idée vint à Linville d'utiliser à son profit cette heureuse surdité, de se procurer un entretien avec Gabrielle, sous les apparences d'une lecture, de céder à sa passion la place de saint Jean, et de parler amour en paraissant lire. Pourquoi non? Les choses perceptibles à l'ouïe n'étant pas senties par madame de Saint-Vallez, les paroles pouvaient défiler devant elle impunément pour arriver jusqu'à la jeune Gabrielle, sans crainte qu'elles ne fussent interceptées au passage. Il ramena ses yeux sur le livre, et, les promenant de ligne en ligne, il dit avec l'air et le ton d'un homme qui lit à haute voix :

« Ma sœur, sentez-vous quel doit être mon ravissement? Le hasard met de lui-même dans mes mains un bonheur que j'ai tant cherché! Mais dois-je cette faveur au hasard? Non! ce n'est pas lui qui inspira cette heureuse pensée à madame de Saint - Vallez... Qui est-ce, sinon ces deux âmes qui nous ont tant aimés sur la terre, et qui nous aiment dans le ciel avec

la même tendresse. Le projet de notre
union était leur idée la plus chère dans ce
monde. N'en doutez pas, Gabrielle, ce
sont elles qui nous ont fait asseoir sur ce
banc, pour ainsi dire, l'un à côté de l'autre, afin de nous rappeler que votre mère
m'appela son fils, et que ma mère vous
nommait sa fille... »

— Eh bien ! ma sœur, interrompit la
bonne octogénaire, vous ne vous plaindrez
pas, j'espère, d'avoir changé une vieille
lectrice pour un jeune lecteur... Que vous
êtes heureuse de l'entendre ! Il doit vous
sembler que toute l'onction du disciple de
l'amour est dans les inflexions de sa voix.
Comme il a l'air pénétré des choses qu'il
prononce ! On dirait qu'il lit comme il
cause : c'est la bonne méthode !

La jeune fille rougit et baissa la tête, elle
ne voulait pas être de complicité dans
cette ruse galante ; mais, n'osant crier

aux oreilles de son amie : « Vous êtes le
jouet d'un amant! » elle cherchait des
yeux une baguette afin d'écrire sur le sa-
ble-jaune : « Il vous trompe! » Linville
continua avec le même air et le même ton
qu'il avait commencé :

» Gabrielle, un serment vous lie à moi;
il a précédé celui qui vous engage à Dieu;
il fut prononcé comme lui devant un autel;
il est plus fort de son antériorité... Quand
j'eus consacré aux yeux des hommes,
mais non de Dieu, mon triste mariage,
c'est toi, Marie, qui relevas mon courage;
ne m'as-tu pas renouvelé ton serment?
Rien, disais-tu, ne pourrait t'en relever
tant que je saurais garder dans la constance de mon cœur et la fidélité de ma
chair la foi que je t'avais jurée... Eh bien!
j'ai gardé ma foi: Marie, tiens donc ta pro-
messe!.. Écoutez, Gabrielle! suivant nos
lois, ces vœux que vous avez prononcés

ne sont valables que pour cinq ans : ce
terme expire dans quinze jours; je suis libre, vous le serez alors : qui vous empêche
d'accorder à ces âmes saintes, qui ont désiré notre union sur la terre, cette satisfaction achetée si cher, où nous aspirons
avec elles? »

— Monsieur de Limbourg, interrompit madame de Saint-Vallez, vous êtes au
bout de la page : tournez donc le feuillet!

Ces mots rappelèrent au jeune homme
qu'il oubliait son rôle de lecteur; Gabrielle
soupira et devint rêveuse, Alphonse tourna
la page et lut :

« Nous reconnaissons à l'amour... que
nous sommes passés de la mort à la vie.
Celui qui n'aime point demeure dans la
mort... »— Et il commenta ce texte ainsi;
Que ces paroles de l'apôtre sont bien
vraies! Marie, c'est vous qui m'avez retiré
du tombeau; vous avez soufflé sur mon

cœur et vous lui avez donné la vie... Sans
vous, qu'aurais-je à faire de l'existence?
Sans vous, la terre serait vide pour moi!
Mais, avec vous,..! le désert est peuplé, l'a-
ridité verdoie, l'insipidité a des saveurs
exquises, l'inodorité embaume des plus
suaves parfums! Mon amour m'est plus
cher que la terre;.. oui!.. plus cher que le
ciel même; car je n'en puis concevoir les
saintes voluptés, si vous ne les partagez
avec moi!

A ce blasphème, la pieuse jeune fille se
leva, et, se baissant vers l'oreille de sa vieille
amie, lui cria :

—Retirons-nous, ma mère!.. car il me
parle d'amour !

—L'amour? répondit la sourde, qui
n'avait rien entendu, si ce n'est le dernier
mot. Oui, ma belle! ces magnifiques paroles sont dans saint Jean :—«Quiconque

demeure dans l'amour, demeure en Dieu,
et Dieu en lui. »

La jeune sœur mécontente, lui passant
une main sous l'aisselle, comme pour l'aider à se lever, n'essaya plus de se faire entendre à l'oreille par la voix ; mais, attirant
son amie doucement, elle fit comprendre
au toucher par de petites secousses : « Le-
vez-vous et allons-nous-en. »

— Mon Dieu! dit la vieille avec un peu
d'humeur, on ne vous conçoit pas aujour-
d'hui, ma sœur!.. Prenez garde! vous
donneriez à penser que vous n'êtes pas née
pour les choses du ciel... En vérité, vous
scandalisez ce jeune homme! — Et, se
tournant vers lui avec un sourire qui rappela sur sa noble figure un léger reflet de
sa jeunesse :—Monsieur, n'en doutez pas!
l'apôtre de l'amour n'aura jamais dans ma
sœur une rebelle à ses douces paroles; et

ce que vous avez dit si bien à toutes ses
sympathies.

Gabrielle, honteuse, en froissa de dépit
sa pèlerine; elle prit la main de son amie
sous un bras et croisa l'autre sur la poitrine comme pour cacher son cœur, dont
madame de Saint-Vallez semblait pénétrer
et trahir la pensée. Linville salua et voulut remettre à la vieille dame son *Nouveau
Testament*.

— Hélas, monsieur! dit-elle, comment
voulez-vous que je le prenne? J'ai ma
canne dans une main, et j'ai l'autre appuyée sur le bras de la méchante sœur.
Mais elle voudra bien encore se charger
de mon livre.

Mademoiselle d'Hangest passa derrière
elle son bras gauche et lui tendit sa main
ouverte, sans le regarder; mais elle ne put
éviter que Linville, baissant la tête, ne mît
avec le livre un baiser sur cette jolie main

qui frémit, et dont le sang refluant au
cœur y réveilla des souvenirs endormis.
Gabrielle, tremblante, éblouie, fit un effort pour marcher; mais le cœur tout à
coup lui défaillit et elle retomba sur le
banc.

Alphonse craignit d'ajouter à son trouble; il s'éloigna le cœur plein d'émotions
et monta dans l'allée supérieure promener
ses délicieuses rêveries sur cette aventure,
qui lui parut le nœud où l'amour allait
encore une fois rattacher l'avenir au passé.

Cependant ces scènes passionnées lais-
saient toujours à leur suite, en se répétant,
une émotion de plus en plus tumultueuse,
de moins en moins passagère, dans l'âme
de Gabrielle. L'amour qu'elle avait retenu,
comprimé, enchaîné jusqu'alors, mais
non étouffé, s'insurgeait, et, comme s'il
eût limé ses fers, lui agaçait toutes les fibres du cœur. Le mal gagnait de jour en

jour; il avait déjà fait au bout d'une se-
maine un tel progrès, qu'elle vit avec indifférence expirer le temps de cette absence, qui lui avait causé d'abord tant
d'effroi, et fut presque mécontente d'apprendre que les deux personnes dont elle
avait tant désiré le retour étaient enfin
arrivées de leur trop court voyage. Elle
n'alla point achever à la supérieure ce récit qu'elle avait commencé; elle ne courut
pas épancher son amour dans le secret de
la confession, ni demander un remède
pour son cœur, ni chercher la santé de
son âme auprès du médecin spirituel.
Néanmoins elle résistait encore, elle com-
battait toujours; mais ses efforts étaient
comme des convulsions et semblaient une
agonie.

Par exemple, un jour, il était de grand
matin, le soleil commençait à monter sur
l'horizon et ses rayons tombaient oblique-

ment sur les fenêtres de la chapelle, fil-
traient au travers des rideaux rouges, et
dessinaient sur le pavé une mosaïque
d'ombre et de lumière colorée. Dans ce
même instant, Gabrielle descendait à la
chapelle et voulait y faire son oraison ; elle
s'approcha du bénitier les yeux fixés sur
l'autel et sans voir Linville, qui, à demi
caché par un angle du buffet d'orgues, la
regardait avec ravissement s'avancer dans
le sillon de lumière comme la Vierge
sainte sur un rayon du soleil. Elle plongea
l'extrémité fine de ses doigts dans le bénitier ; mais Linville s'inclina vivement, effleura d'un baiser la surface de l'eau et,
labourant l'onde lustrale avec ses doigts,
il semblait vouloir délayer ce baiser dans
toutes les parties du liquide béni. La jeune
sœur tressaillit, rougit et baissa les yeux
sur le bénitier, où elle vit l'eau étinceler
comme des pointes de diamant sur un fond

rouge-feu avec des reflets violacés, et, sans
avoir la moindre idée que les rideaux
pourpres communiquaient à l'eau cette couleur en tamisant les rayons du soleil, elle
s'imagina, dans une crainte superstitieuse,
que l'eau bénite venait de s'allumer, comme
un gaz, à la flamme du baiser. Elle retira
sa main avec précipitation et, n'osant pas
la porter dévotement de son front à son
sein, elle sortit ou plutôt elle s'enfuit;
elle rencontra son confesseur, l'abbé Nathan, sur une marche de l'escalier, elle
prit machinalement son bras, elle en-
traîna le jeune prêtre dans la direction
de la grille, sans lui dire un seul mot, et
monta avec lui le perron dans le même silence. Là, elle quitta soudain son bras et
gagna seule, à pas précipités, le passage
de l'infirmerie.

L'abbé Nathan la suivit des yeux avec
étonnement, et, quand elle eut disparu, il

se tourna vers la chapelle et vit le professeur de rhétorique en sortir furtivement; alors il mit une main sur son front, poussa un profond soupir, leva son regard vers le ciel et murmura avec amertume : *Circuit quærens quam devoret!* Il s'était aperçu déjà que l'orage soufflait au cœur de Gabrielle; il en voyait maintenant la cause. Il hésita s'il devait provoquer immédiatement le renvoi de Limbourg ou différer six jours et attendre ce terme où allaient finir les anciens vœux de Gabrielle, où allaient commencer les nouveaux. Il se décida, peut-être avec une témérité louable, à laisser agir la tentation, soit pour ne point ravir à la jeune religieuse l'honneur de cette victoire, soit afin que le renouvellement de ses vœux fût un acte dégagé de toute influence étrangère, une détermination arrêtée dans sa propre volonté, et que sa vocation, sortie de cette épreuve difficile,

parût d'une manière plus éclatante un in-
dubitable appel de celui qui tient tous les
cœurs dans sa main.

Dans six jours les cinq années de son
engagement allaient donc expirer : dans
quinze jours ! Mais le temps qu'on peint
avec des ailes est le temps de la jouissance;
celui de l'attente rampe accroupi sur le dos
lent d'une tortue. Déjà l'ennui déborde sur
elle, la monotonie de sa vie l'accable, sa fer-
veur languit, son zèle s'affaisse, une idée
l'obsède, une image la suit partout : elle a
beau en détourner les yeux, elle voit sans
cesse une religieuse jetée dans l'océan de
la vie s'écarter du monde pour nager avec
moins de périls; tandis qu'une mère de
famille, dans sa vertu haletante et contra-
riée, lutte d'une main avec les vagues du
siècle, tend l'autre à son époux, à ses enfants, à un ami, à ses voisins, et parvient
avec eux au rivage. Le soir, Gabrielle voit

arriver avec émotion l'heure du coucher, car elle peut alors se livrer sans contrainte à sa rêverie; le sommeil vient lentement et continue dans les songes cette idée qui l'occupait dans la veille. Le matin, réveillée avant le jour, elle s'en amuse encore jusqu'au lever de la communauté. A l'ouvroir, les yeux fixés sur un travail qui n'avance pas, elle tient l'œil de son âme toujours attaché sur cette pensée qu'elle ourle, qu'elle brode et qu'elle nuance des couleurs les plus fantastiques. Pendant la lecture en commun, les paroles de la lectrice arrivent à l'oreille de la chair; mais l'oreille de l'esprit n'écoute que son idée qui, seule, à part, lui vient lire une page de son roman intime.

L'heure du coucher était-elle revenue, la sœur se déshabillait, préoccupée de la crainte qu'elle serait long-temps avant de goûter le sommeil; car les pensées du jour

venaient s'asseoir sur le traversin même où
sa tête reposait. Mais ce n'étaient que des
images revêtues de pudeur : elle voyait sa
mère lui présenter Linville comme son
époux ; elle voyait le prêtre consacrer leurs
fiançailles ; elle revoyait ces jours d'enfance
où elle jouait avec son Alphonse ; elle revoyait ensuite l'âge rêveur où Linville s'asseyait plus timide à ses côtés dans ces premiers mois de l'adolescence où l'amitié
commence à n'être plus de l'amitié et n'est
pas encore de l'amour. Pendant le sommeil, ces images revenaient ; mais plus
hardies, moins réservées, plus colorées
d'amour, plus imprégnées de volupté.
Alors, si la cloche sonnait le réveil de la
communauté, elle s'habillait lentement ;
et, fatiguée, confuse, alarmée, elle rougissait devant ses compagnes, elle baissait
les yeux devant la supérieure, comme si
toutes elles avaient dû voir la séduisante

vision se glisser entre ses rideaux et presser
sur ses lèvres les grappes enivrantes de la
tentation. Ou bien, se réveillait-elle dans
une heure peu avancée de la nuit, elle se
levait en sursaut, et, palpitante, inquiète,
mais pleine de courage, elle soutenait avec
ses forces tendues le duel terrible que les
impressions du songe livraient à son cœur,
à son esprit, à ses sens, à tout son être;
elle appelait au secours la puissance des
idées les plus saintes et les plus austères:
mais la sainteté s'imbibait peu à peu dans
les émanations du rêve, et l'imagination,
délayant l'austérité même dans cette rosée des songes, la modelait comme une
humide argile avec des formes séduisantes. Alors Gabrielle s'asseyait au pied
de son lit, et là, ses noirs cheveux épars
sur ses blanches épaules, un coude appuyé au bois de sa couchette, elle soutenait sa tête dans une main, et, toute

brûlante de vagues désirs, elle abandonnait au froid ses membres nus, prenait
son bréviaire sur la table de nuit et, entr'ouvrant un pan de ses rideaux, essayait
de lire quelque psaume latin, aidée par sa
mémoire et les rayons de la pleine lune.
Mais bientôt, lasse et dégoûtée de ces
prières dans une langue inconnue, elle
fermait son livre, et se disait avec amertume ce qu'elle avait rejeté souvent comme
une mauvaise pensée, que pour elle et pour
la multitude ce n'était que des mots sans
vie, où l'esprit ne trouvait aucun sens dont
il pût se nourrir, et dont les sons mouraient
dans l'oreille sans éveiller les échos du
cœur ni tirer de l'âme une seule vibration.
  Ainsi, sa vocation s'en allait détachée
pièce à pièce au flux et reflux de l'amour,
comme une nacelle échouée sur des bri-
sants et battue par une marée houleuse.
Son âme dégoûtée éprouvait comme la sa-

tieté des cérémonies extérieures; ce qui lui avait paru candeur autrefois lui paraissait maintenant artifice; il lui semblait voir la spéculation poindre sous la charité comme l'orgueil, ou l'arrogance vaine à travers la soutane de l'humilité; elle osait même se demander si ce n'était pas souvent pour se distinguer du monde qu'on se séparait du monde avec un fastueux dédain, et s'il n'y avait pas dans l'excentricité de son pieux costume une, je ne sais quelle, part faite à la coquetterie. L'imagination, dans les premiers temps de l'Église, ne fut pas nécessaire pour inventer l'uniforme d'une congrégation nouvelle : on descendait simplement aux plus infimes rangs du peuple, où l'on empruntait l'habit grossier de l'artisan et de la servante; car la base de tout ordre nouveau était la parole stricte du maître : « Que celui qui

veut être le premier parmi vous soit le servi-
teur de tous les autres. »

Gabrielle regardait autour d'elle, et,
l'Évangile à sa main, elle cherchait le
christianisme pur : tout lui semblait
changé! L'architecture de l'église s'écarte
des plans dessinés dans le nouveau Testament : on s'est arrangé un christianisme
joli ; on s'est accommodé un idolâtre féti-
chisme d'images, d'amulettes et de médail-
les ; on commence à déserter la discussion
dogmatique ; on abandonne le mystère ari-
de à la garde de Dieu; la propagande est con-
fiée aux beaux-arts comme à des mission-
naires de bon goût ; les festivals du culte
s'entourent des plus douces séductions, et
le plaisir déborde du calice d'or sur tous
les organes des sens ; l'industrieux curé
fait son église à l'image du théâtre, à la res-
semblance du salon, à l'imitation du bou-
doir. Les riches dorures, les tableaux dé-

licieux, de ravissantes sculptures, une
musique enchanteresse, un prédicateur à
la mode, jeune et ruisselant de moire et de
gaze, une atmosphère balsamique, tiède
en hiver et fraîche en été, des nattes sous
les pieds, des chaises d'acajou, une enceinte réservée où le pauvre n'entre pas,
que manque-t-il? Une attention magnifique n'a rien oublié du moins pour écarter cette idée gênante, que l'homme exilé
dans notre vallée des larmes est ici-bas dans
un lieu d'épreuves afin d'y mater sa chair
et d'y mortifier ses sens. — Dans ce moment de tentation, Gabrielle vit l'évêque
sortir dans un carrosse mollement suspendu
et traîné par deux chevaux de luxe :
« Voilà donc, s'écria-t-elle en soi-même,
les sandales et le bâton de nos apôtres!..
ô christianisme!.. christianisme, où es-
tu ? »

FIN DU DEUXIÈME VOLUME.

TABLE DES CHAPITRES

CONTENUS DANS LE DEUXIÈME VOLUME.

OUVRAGES DU MÊME AUTEUR.

————— ⚘ —————

ANACRÉON,

TRADUCTION NOUVELLE, EN VERS, 1 VOLUME IN-8°.

————— ⚘ —————

LE FABLIER FRANÇAIS,

OU

CHOIX DE FABLES EXTRAITES DES FABULISTES QUI ONT PRÉCÉDÉ OU SUIVI LA FONTAINE

1 VOLUME IN-18.

————— ⚘ —————

PANTHÉON,

POÈME THÉOLOGIQUE EN SIX CHANTS,

AVEC DES NOTES

Tirées de l'Edda, du Koran, du Zend-Avesta, des Véda et des Kings.

UN BEAU VOLUME, FORMAT IN-8° ANGLAIS.

⚘

PARIS. — IMPRIMÉ PAR BÉTHUNE ET PLON.

www.ingramcontent.com/pod-product-compliance
Lightning Source LLC
Chambersburg PA
CBHW050158030726
47505CB00005B/1430